CONTENTS

- 登場人物紹介…4
- ぷろろーぐ…6
- **第1章　スズランの館…9**
  桜並木と金髪
  VS.ヤクザ男
  ノエルside
  冷たい手
  コンビニ事件
  ノエルside
  変化
- **第2章　撫子とフラミンゴ…81**
  ピンチは続く!
  熱狂入学式
  誠の決意
  初めの一歩
  ノエルside

Illustration:緒花
Design:AFTERGLOW

第3章　夜桜乱舞…141

近況報告
ちゃりんこデート
目覚めの鐘
半田side
留守番わんこ
ノエルside

第4章　ミュゲーの祭日…201

前日前夜
ノエルside
非常事態発生！
半田side
金色のリボン
on-stage
王の戯れ
野外公演
フィナーレ
to be continued…?

登場人物紹介

太陽のような男前ヒロイン

黒崎誠（くろさきまこと）　1年生　172cm/53kg

ワケあって男子寮に住むことになった女の子。15歳で母親を亡くし、天涯孤独に。黒髪ショートヘア。自分のことを「俺」と呼ぶ俺っ娘。顔も性格も男前の上、170cmちょいと高身長なことから男と間違えられることも多々。趣味は武全般を極めることで喧嘩も強い方だが、一般的な家庭料理なら大抵作れるという女子スペックが高い面も。裁縫系は苦手。

属性→言いたいことがあんならハッキリ言えよ的な、男よりも男前なサッパリ女子。
趣味→体を動かすこと、毎日の朝稽古とランニング。

超ワイルドな一匹狼

龍ヶ崎ノエル（りゅうがさき のえる）　1年生　191cm/81kg

誠と同室になった超ワイルドな一匹狼。黒髪を軽いオールバックにしており、190cm以上とデカめ。強面な顔立ちだが、よくよく見ると整っている。龍ヶ崎組・組長の長男。

属性→ツン9：デレ1の最凶ツンデレ大型獣
　　　（遠巻きに見られてる分にはいいけど
　　　自分のテリトリーに入ってきた者には容赦しない）。
趣味→時代小説を読むこと。

優しい兄貴の金髪ヤンキー

半田雅貴（はんだ まさき）　3年生　184cm/72kg

男子寮(太陽寮)の寮長。金髪ロン毛の兄貴肌なイケメン。少しつり目。愛車のバイクを乗りこなす。通称まさやん。
誠のことを「クロ」と呼ぶ。誰よりも頼れるお兄さん的存在。

趣味→バイクいじり。
属性→無自覚フェロモンを撒き散らす兄貴肌な
　　　スイーツ男子(内側に入れた人間に対しては
　　　面倒見がよく優しい)。

ふわふわピンクフラミンゴ

一色冬樹 １年生 172.5㎝/58㎏
（いっしきとうき）

通称トキ。ゆるい口調のたれ目の美形。入学式では新入生代表になるほど頭がいい。誠と同じクラス。
ふわふわとした髪質、フラミンゴのように真っピンクに染めている。

趣味→可愛い動物の動画鑑賞。
属性→草食系男子（ゆるふわな雰囲気で人当たりがいいけど他人との線引きはキッチリしてる、他人の感情に敏感）。

圧倒的権力を誇る生徒会執行部

絶対的俺様キング

三鷹隆義 ２年生 182㎝/67㎏
（みたかたかよし）

生徒会長であり、トップに君臨する学園ナンバー１の男。超絶美形の容姿の持ち主。髪を濃い茶髪に染め、ジャラジャラとアクセサリーを付けている。
好戦的なＳ様。大財閥の御曹司で、美形なら男女問わずウェルカム、という噂も？

趣味→チェス。
属性→肉食系男子の俺様何様会長サマ（愉しいことが大好き）。

微笑みのプリンス

桐原聡一郎 ２年生 176㎝/62㎏
（きりはらそういちろう）

学園ナンバー２に君臨する生徒会副会長。隆義の幼馴染み。栗毛色のサラサラヘアーな眼鏡男子。お伽の国の王子様のように優しげな風貌だが、裏の顔は腹黒。
人前では自分のことは「私」と呼ぶが、気心が知れた人間の前では「俺」。

趣味→読書、アート鑑賞。
属性→腹黒王子様系男子（笑顔の仮面を完璧に使いこなす王子様）

栗山有司 １年生/174㎝
（くりやまゆうし）

書記。誠と同じクラス。黒髪短髪。若武者のような真面目な好青年だが、なぜか誠には冷たい。

月岡美里 １年生/149㎝
（つきおかみさと）

会計。誠と同じクラス。誠の女友達第一号。天然パーマの長い茶髪。生粋のお嬢様で天使系美少女。少し気が弱い。

ぷろろーぐ

雪が、しんしんと降り注ぐ中。
その真っ白な世界が、赤く染まった。
15歳、中学3年の冬。
初めて雪の降った、その日。
女手一つで俺のことを
育ててくれていた母さんが、
…死んだ。

たった二人きりの家族だった。
他に身内なんていなかった。
でも母さんは優しくて、とても強い人で。
そんな母さんが大好きだった俺は、二人きりでも別に寂し
くなんかなかった。
それに、母さんの昔からの友達や近所の人達がよく俺のこ
とを構ってくれて。
その人達のことも大好きだった俺は、寂しくなんかなかっ
たんだ。
幸せ、だったんだ。
そんな日常がずっと、続いていくんだって思ってた…。

母さんの葬式は小さく、静かに。
母さんの大好きだった人達に囲まれて。
母さんを大好きだった人達に見守られて。
しめやかに、執り行われた。
たくさんの涙が流れる中。
小さな箱の中で眠る母さんの顔は、とても穏やかで。
そしてとても、幸せそうに見えた。

『あたし中卒だったからさ、高校生活の楽しさってのをアンタには味わってほしいわけ。だから学費なんか気にしないの！　色んなことを経験して、色んなものを見て、いいオトナになりなさいマコ』

どんなに辛いことがあっても、
どんなに悲しいことがあっても、
時の流れは止まらない。
俺は、今となっては母さんの最後の願いを叶える為。
高校受験を、決意した。

ぷろろーぐ　　7

第1章　スズランの館

イライラする
家の奴等にも、この学園の連中にも
…自分自身にも
こんな世界
全部、壊れちまえばいい

桜並木と金髪

母さんを亡くし、天涯孤独の身となった俺。
黒崎誠、ぴっちぴちの15歳。
身長170cm以上、黒髪茶眼。
生まれも育ちも下町っ子な一般ピーポー、以後よろしく。
趣味は身体を動かすこと、一番は空手が得意だけど他に
色々なジャンルの武術に手ぇ出して自分に合った動きを極
めるのが好き。
そんなもんで顔も性格も周りからよく男前なんて言われま
すが、んでもって今もナチュラルに自分のことを"俺"な
んて言ってますが。
性別、正真正銘女の子。
小さいけどオッパイあって男にぶら下がってるもん付いて
ない、生まれた時から女の子。
そんな俺はただ今、使い古したボロボロの旅行用バッグを
肩にかけて、かれこれ1時間の登山の最中だったりします。
「～っ、長ぇんだよこのクソ坂道が!!!」
思わずその場でダン！と地団駄を踏む。
周りに誰もいないのをいいことに、口からは荒々しい心の
叫びがだだ漏れ中。
つか逆に誰か聞いてほしいんだけど、山の上に続くこの一
本道に俺以外の人の姿はなし。

そんな荒んだ心とは裏腹に、道の両脇には満開に咲き誇る桜並木が延々と続いていた。

この先にこれから通うことになる高校——私立鈴蘭学園があるはず…なんだけど。

上り始めて1時間経っても変わらない光景に、果たしてゴールはあるのかと桜の妖精に問いたくなる俺ですよ。

「あー…てか前髪うぜぇなぁ、やっぱアパートを出る前に切っときゃよかった」

イライラしながら坂道を進む中、更に俺をイラつかせるのは伸びに伸びきった前髪で。

地獄のスパルタ受験勉強に入試、その後も寮に荷物送ったり今まで住んでたアパート引き払ったりと忙しかったから。

カットすんのを後回しにし続けた結果、放置されすぎた前髪はすでに目元をモッサリと覆うまでの長さに。

ここ最近はずっとピンで前髪を留めてたんだけど、そのお気に入りのピンは現在行方不明中。

多分先に寮に送った荷物ん中だろうなぁと、イライラしながらも何とか気を取り直し歩きに歩き続けた俺は30分後、大きな壁にぶつかることになった。

「…ここが入り口でいいんだ、よな？」

誰に問いかけるわけでもなく、思わず独り言をポロリ。

呆然と見上げる先にあったのは、一体ビル何階分の高さあんだよっつーくらい巨大な鉄の門だった。

見上げる角度が急すぎて首が痛い。

第1章　スズランの館　　11

学校の正門って普通アレじゃねぇの、せいぜい高さ数メートルくらいじゃねぇの。

何この絶壁の30めーとぅ。

いや多分、実際はそこまでないのかもだけど。

左右に連なる石の塀も、言うまでもなく門と同じ高さ。

鈴蘭学園って、刑務所じゃねぇよな…？

さらさらと桜の花びらが夕焼けに舞う中、しばしその絶壁を呆然と眺めていたんだけど…

「てかこの門、どやって開けんだ？」

辺りを見渡してもやっぱり人気はなく、守衛さんもいなさそう。とりあえず両手で鉄門をグッと押してみる…うん、ビクともしない。

え、マジでどうしよコレ。

「つーかここまで上らせといて開かねぇって、どういうことだコラテメェ」

ピキリと額に青筋が。

こんな長ぇ坂道を1時間半近く上らせといて入場拒否するとか喧嘩売ってんのかコノヤロウ、と。

ここまでの疲れも相俟って、今度は坂道から無機質な鉄門相手にキレそうになる。

早く自分の寮室に入って休みたいっつーフラストレーションが、ここに来て急上昇。

「おうおう、そっちがその気ならこっちにだって考えがあるんだぜ」

この俺を本気にさせたテメェが悪いんだぜと、開かずのア
イアンゲートを真正面から見据える。

旅行用バッグを地べたに置いて、ゆっくりと深呼吸。

すぅーはぁー、と気合いを入れて腹に力を込める。

息を思いっ切り吸って、いっくぜ。

せーの！

「開けええええいごまあああ!!!」

魔法の言葉を、叫び唱えたのだった。

バサバサバサ！と、その声に驚いたカラスがカアカア文句
を言いながら木から空へと飛び去っていく。

しかしそれ以外の動きはなく、いくら待とうがうんともすん
んとも言わない鉄門に俺は眉を寄せる。

ああ？　何で開かねえんだテメェコラ。

魔法の呪文だぜ何でも開いちゃう呪文なんだぜ。

もしかして気合いが足りなくて失敗したのか？と、俺が首
を傾げた…その時だった。

「ブハッ！」

「…あ？」

背後から、誰かが噴き出す声が聞こえたのは。

振り返ると、そこにいたのはでっけぇ厳ついバイクに跨
がった金髪でロン毛の男…

「あはははは！　はっ腹いて…ハ、腹痛えっ！　ハハハ！」

が、腹抱えて笑ってるとこだった。

あ？　誰だコイツ？

第1章　スズランの館　　13

門に集中してて、バイクが来たことに全然気づかなかった。
何でこんな笑ってんだコイツ、つーか人に指を差すな指を。
…ん？　これって俺が笑われてんのか？
「ははっ、っがは、ごほごほゴホッ！」
ああもう、笑いすぎてむせてんじゃん。
窒息寸前の男を見殺しにするわけにもいかず、俺はそいつ
に近づくと背中を優しく擦ってやった。
「ごふっゴホッ、ごほっ…。っわ、悪い」
「いや…どこの誰かは知らねぇが、酸欠になるくれぇ面白
いモンに出会えてよかったなアンタ。人間そんなに爆笑で
きるなんてことそうそうねぇぜ、おめでとさん」
なかなかねぇぜ、人間がここまで爆笑すること。
まぁ何がそんなに面白かったのか、俺には全くわからな
かったけどさ。
一応キョロキョロと辺りを見回すもやっぱり俺とこの金髪
男以外誰もいなくて、やっぱ指差されてたのって俺か？と
内心首を傾げていれば…
「ぶあっはっはっはっはっはっはっ!!!」
俺のセリフを聞いた金髪男が更に爆笑してしまったのだっ
た。…何でだ？
その後もむせたら背中を擦ってあげるってのを、せっせと
繰り返したんだけど。
俺が声をかけるたびに、なぜかまた笑い出す金髪男。
「たっ、頼むから…！　しゃ、喋んないでくれ…っ！」

14

うん、わかった。お口チャックな。

「あー…、久しぶりだこんな笑ったの」

「そっか、よかったな」

「ははっ。そうだな、よかった」

ようやく笑いの止まった金髪男は、よくよく見ると結構な
イケメンくんでした。

ちょいつり目の目元に金髪ロン毛が似合う男前な顔立ち。

革ジャン羽織って、厳ついバイクに跨がってる姿がサマに
なってるよ、うん。

そんなふうに男を観察をしてると、笑いの止まったそいつ
もこっちをジッと見てることに気がついた。

「お前、奨学生の黒崎だろ」

そのセリフにちょいビックリ。

モッサリとした前髪の奥で目を見開く。

初対面の相手にズバリ名前を当てられたのもさることなが
ら、断定して聞いてくることに疑問符が浮かぶ。

「俺の名前は半田雅貴、3年で太陽寮の寮長をしている。
もうほとんどの連中が入寮しちまって残ってるのは数人
だったからな。見ない顔のお前が奨学生だって当たりがつ
いたわけだ」

寮長…って、これから俺が世話になる寮のってことか。

ニカリと笑顔を浮かべながら話す姿は男前で、派手な外見
とは裏腹に気さくな雰囲気が醸し出されていた。

「それに今日お前が来るって連絡が来てたしな、下にいた

第1章　スズランの館　　15

らついでに拾ってってやろうって思ってたんだが…。まさか【鈴蘭】名物地獄の上り坂を自力で踏破しちまう奴がいたとはな、驚いたぜ」

そう言って笑うパツキン寮長さん。

うん、俺も俺でちょっとビックリしてたり。見るからに不良な外見の寮長さんが、この学園の生徒だってことに。

だって事前に聞いてた話じゃ、鈴蘭学園ってのは超がつくお金持ちの坊ちゃん嬢ちゃん校だってことだったからさ。

こちとら下町育ちなもんで小さい頃から地元のヤンキーを見慣れてるから、俺がこの人の外見に尻込みすることはなかったけど。

パツキンの不良が金持ち校の生徒ってのに、ちと違和感が。

いやでも金髪だからって不良とは限らねぇか。

何てったって10代ですから、はっちゃけたい年頃ですから。

金持ちの坊ちゃんだって思春期特有の青い衝動が爆発したら地毛トランスフォームくらいしたくなるよな、うん。

「俺は黒崎誠です、もう知ってるみたいッスけど今年入学する1年坊主です。これからよろしくお願いします、半田先輩」

寮長ってことはこれから色々と世話になる人だし、何事も最初が肝心。

目上の人は敬いなさいって母さんや地元の道場の師匠にしこたま躾けられてきたから、身に染みた条件反射から俺は半田先輩にペコリと頭を下げたのでした。

すると…

「あっはっはっはっはっはっ！」

なぜかまた半田先輩に、声を上げて笑われちゃいました。

半田先輩って、笑い上戸なのか…？

————……

「ここが鈴蘭生全員が生活してる寮、スズラン館だ」

半田先輩のバイクにニケツさせてもらって、ブイブイ飛ばすこと約5分。

着いた先にあったのは、煉瓦造りの巨大な洋館でした。

「でけぇー」

「はは、だろ？　最初見た時は俺もさすがに驚いた」

あ、やっぱ金持ちでもびっくりするんだ。

洋館、もとい寮は西洋風の巨大な茶色い塊。

造りは左右対称で、いーち…にい…全部で5階建てっぽい。

「真ん中の出入り口が総合玄関、1階は共有スペースになってるが2階から上は右と左に分かれて太陽寮と月城寮っつー名前が付いてる。俺が管理してんのは太陽寮の方だ」

「？　何で一つの建物の中に、寮が二つあんすか？」

「ハハ、男と女をごちゃ混ぜに寝かすわけにはいかねぇだろ？」

…あ、なるほどね。

寮の総合玄関にはホテルにあるようなガラス張りの回転扉が五つもあって、そのうちの一つを潜り抜けると最初に目

第1章　スズランの館　　17

に飛び込んできたものにあらびっくり。

シャンデリアあるよ、しゃんでりーあ。

天井から視線を戻した俺の前に広がっていたのは、赤ワイン色の絨毯が敷かれた広いフロアで。

休憩用のソファーがあって花が飾られてて、ホント高級ホテルのロビーみたいな感じ。

そこを通り抜けると正面に2階へと続く横幅の広い階段があって、途中から二叉に分かれててそれぞれ左右の寮に続いてるようだった。

そんな1階ロビー近くにある太陽寮寮長室にて。

入寮手続きを滞りなく終えた俺は、半田先輩から自分の寮室となる部屋の鍵を受け取っていた。

「お前の部屋は2階の一番奥の角部屋だから、廊下をひたすら行きゃあ着く」

「はい、ありがとうこざいます」

貰ったのは、これまたホテルなんかでよく見るカードキー。

アナログな鍵っ子だった俺にとっては物珍しくて、まじまじとカードキーを観察しつつもお世話になった寮長さんにぺこりとお辞儀。

そんな俺にパツキン寮長さんは何を思ったのか、ガシガシ後ろ頭を掻くとおもむろに口を開き…

「あー…なんだ、大抵俺はこの寮長室にいるからよ。外から来て戸惑うことも多いだろうが困ったことがあったら…

18

いや何もなくてもいつでも遊びに来い。茶くらい出すから
よクロ」
そう言って俺の頭をポンッと撫でたのだった。
「クロ？」
「ん？　ああ、お前髪真っ黒だし名前も黒崎だろ？　だか
らクロ」
あと敬語じゃなくタメ口で構わねぇぜ、と言って笑うパツ
キン寮長さん。
やべ、マジでいい人じゃんこの人。
ワイルドで格好いい、まさに兄貴って感じなんだけど。
「わかった。ありがと、まさやん」
お礼ついでにノリであだ名をお返ししたら、まさやんは少
し目を見開いたあと「おう」と笑って応えてくれたのでし
た。
うん、やっぱり男前だわ。

「…超難関だっつー奨学試験をパスしたくれぇだから天才肌
の変人か、もしくは偏屈なガリ勉野郎じゃねぇかっつー予
想をしてたんだが。前髪モッサリでオタクっぽい外見して
んのに、言動は爽やかで礼儀正しい体育会系って…」
どんなギャップの持ち主だ、と。
俺の後ろ姿を見送りながらまたツボに入ったように笑いを
零してたパツキン寮長さんがいたことを、俺は知らない。

第1章　スズランの館　　19

VS.ヤクザ男

太陽寮の2階へと足を踏み入れた俺が見たのは、果てしな
く続く長ーい廊下だった。
そして両サイドにズラリと連なる茶色い扉のオンパレード、
壁が淡いベージュテイストだから扉の色がよく映えて高級
感が漂っていた。
俺、扉見て"高そう"って思ったの人生の中で初めてだよ。
ロビー同様赤ワイン色の絨毯が敷かれた廊下を、とことこ
歩いていく。
そんな道中思うのは、ついさっき会ったパッキン寮長さん
のことで…
『【鈴蘭】初の奨学生ってことで周りの奴等があれこれ騒ぐ
かもしんねぇが、最初だけだから気にすんな。いつでも遊
びに来いクロ、茶ぐらい入れてやっからよ』
っかー、ちょー兄貴だぜ。惚れちまうよ。
男前寮長まさやんの優しい言葉に胸がほくほく、思わずニ
マニマと笑みが零れる。
けど、ちょっと意外だったなぁ。
何がって、アレだよアレ。
だってさ、女子と男子で寮が分かれてんだろ?
だったら女子の寮長って普通、女がするもんなんじゃ
ねぇの?

20

——…ま、いっか。

それより同室者ってどんな子だろ。

それがすげー気になってたり。

まさやん曰く、3年生は受験だから一人部屋になるらしい
んだけど1、2年の間は基本同学年の二人部屋。

初めての寮生活ってのもさることながら、今はまだ見ぬ同
室者にわくわくドキドキ期待が高まる。

ほら、俺ってばこんな性格だからさ。

女友達より男友達の方が断然多いんだよね。

何か女の子って、自然と守る対象になっちゃうっつーか。

だから友達っていうのは少ねぇの。

なので同室者は久しぶりの、俺の女友達候補。

「到ちゃーく」

長い廊下のデッドエンド。

やっと辿り着いた2083号室の前。

部屋の番号を確認して、扉の横にある名札プレートに目を
向けると…

『　　　　　黒崎誠
　　　　龍ヶ崎ノエル　　　』

ノエルちゃん、か。ハーフ、かな。

可愛い名前だな。いい子だといいなぁ。

よしっ、気合い十分。いざ、突撃です。

——ピッ、ガチャ…

「……」

第1章　スズランの館　　21

まさに、絶句。

目の前に広がる豪華な玄関に、俺はぽかんと口を開けることになった。

真っ白な大理石の土間に、横の壁には大きな姿見。

モダンな柄の玄関マットに、ピカピカのフローリング。

ここだけで母さんと住んでたアパートの俺の部屋くらいあんじゃねぇのって感じる広さがあった。

玄関から真っ直ぐ奥へと繋がる廊下も、人が3人横一列に並んで通れるくらいの幅があって…。

でかくて豪勢な寮の外観やロビーから、部屋の中も何となく予想はしてたけどさ。

どこのデザイナーズマンションだよ、んなとこに住むのが高校生たった2人って…。

しかもこの部屋に着くまでの間、廊下にズラリと並んでた扉の先には全部これと同じ光景が待ち受けてるってことで…

「…とりあえず、上がろ」

玄関ですでに出鼻をくじかれそうになるも、何とか気を取り直して寮室の中へ。

ピカピカのフローリングの廊下を通って、奥へと続く扉を開けたのだった。

──ガチャ…

「あ？」

「へ？」

俺は、目を瞬かせた。

豪華な玄関の印象を裏切ることなく扉の先にはめちゃ広い
リビングが広がっていた。

ビックリしたけど、ひとまずこれはいいとして。

部屋中央には軽く2、3人は腰かけられる大きさのソ
ファーが一対、アンティークなテーブルを挟んで向かい合
わせに置いてある。

その近くには何インチあんだよっていうくらいのでかさの
液晶テレビまで。

うん、これも今はいいとして。

リビングにはダイニングキッチンまで備わってて、様々な
最新家電が置かれてるのがここからでも見えた。

めちゃくちゃ金かかってんなって、普通なら呆気に取られ
るラインナップのオンパレードだったけど今はいい。

それよりも何よりも俺の目を釘付けにしたのは、そのダイ
ニングキッチンにある大きな冷蔵庫を開けっ放しにしたま
ま水を飲んでる…男の存在で。

「…誰だテメェ」

「いやテメェの方こそ誰だよ」

反射的に質問の矛先をリターン。

自分の部屋のリビングで冷蔵庫漁ってる不審者がいたら、
自ずと口調も険しくなるっつーもの。

しかもここ女子寮。

花も恥じらう年頃の女の子が満載の女子寮に、まさかの男。

第1章 スズランの館　　23

──何だコイツ、泥棒か…？

訝（いぶか）しく思いながら男をまじまじと観察。

見たとこ同年代っぽい、黒髪を全体的に前から後ろに流す
ような髪形に。

ガタイがよく身長も高くて…190cm超えてんじゃねぇの。

つか顔面が恐（こわ）い、眉間の皺（しわ）の寄り具合が半端ない。

見るからにヤクザ、どう見てもヤクザ。

良家の坊ちゃん嬢ちゃんが集まる金持ち校でまさかのアン
ダーグラウンドな存在に遭遇です。

一体全体どこから忍び込んだのか。

ただ俺が即不審者確保の行動に出なかったのは、何とびっ
くり男がこの学園の制服を着ていたからで…

「…テメェどうやって入ってきやがったオタク野郎、ここ
が誰の部屋だかわかってんだろうな」

「いやそれ俺のセリフ。ここ俺の部屋だし、つか俺オタク
じゃねぇし」

ヤクザ男は俺の言葉に少しだけ目を見開くと、なぜか苛立
（いらだ）たしげに舌打ちを一つ零した。

「…いいかテメェ、同じ部屋だからって俺に馴（な）れ馴（な）れしく
声かけてくんじゃねぇぞ。今度舐めた態度取りやがったら、
ただじゃおかねぇからな」

いやだからテメェが誰だよと、今度は心の中で呟（つぶや）く。

さっきから話が噛（か）み合（あ）ってないと感じてるのは俺だけで
しょうか。

24

ただ男の言葉を聞いて、ふと俺の頭に浮かんだある可能性。

もしかしてコイツ…

「お前、ノエルちゃんの彼氏とか？」

その、瞬間。

部屋の空気が、ピシッと凍り付いたのを肌で感じた。

「…テメェ、今何つった」

地を這うような声。俺を睨み付けるヤクザ男。

睨むっつー表現が生易しく感じるのは、男が強面すぎるせいか。

殺気立った目が向けられ、ピリピリと肌を刺激する。

大型の獣が襲いかかる寸前のような空気に一瞬呑まれそうになったけど、んなふうにガン付けられるいわれもない俺は憮然とした態度で男を見返した。

「いやだから、彼女のノエルちゃんに部屋に入れてもらったんじゃないかって言…」

「テメェ、死ぬ覚悟はできてんだろうな！」

俺の言葉を遮るように、怒号が上がる。

ガン！と拳で近くの壁を殴りつける。

え、ちょ、壁へこんでるんだけど。今ので穴空いたんだけど。

拳一つで壁をベッコリさせた男に内心驚きつつ、俺は肩にかけていた旅行用バッグをそっと床に置いた。

つーのも普通なら怯むだろう顔面凶器なヤクザ男の威嚇も、昔からヤンチャな人達に囲まれて育った俺には通じなくて。

むしろ女子寮に不法侵入で冷蔵庫漁った上に器物破損かよ

第1章 スズランの館　　25

コイツと、俺のイライラは早くもピークに。

制服着てっからここの生徒かと思ったけど、寮泥棒のカムフラージュにどっかから盗んできた可能性もあるよな。

女子寮に侵入する不届き者に容赦は無用だよな、うん。

「わけわかんねぇことほざいてねぇで、やんならさっさとかかって来いよ。それともデケェのは態度とその図体だけか？　あん？」

わざとらしく小馬鹿にしたようにハッと鼻で笑えば、男の全身からブワリと殺気と怒りのオーラが溢れるのが見えた気がした。

そして瞬く間にズンズンズンと、男の長い足が俺との距離を詰めていく。

迫り来る大型獣、襲い来る殺気。

その勢いのままブオッ！と風を切る音と共に、俺の顔面に向かって男の大きな拳が振り下ろされた。

——ガッ!!!

殴打の音がリビングに響く。

静寂、そしてドサッ…と倒れ込む身体。

その場に立っていたのは、１人だけ。

床に倒れた人物を見下ろし、深いため息をついたのは…

「泥棒なんてすんのが悪いんだかんな、これに懲りたら女子寮に忍び込む変態行為は自粛しろよー」

腰に手を当ててモッサリとした前髪を掻き上げる、俺の方でした。

振り下ろされた拳。あれをまともに食らったら、ベッコリへこんだ壁の二の舞になってただろうけど。

腕を大きく振りかざしすぎて脇のガードがめちゃ甘状態だったんで、そこに瞬時に飛び込んで脇腹の急所に一発お見舞いしてやったんだよね。

この一撃はかなり効くぜ。

つってもまぁコイツもかなりガタイがいいんで、すぐに立ち上がるだろうけど。

…って、ん？

「おーい、大丈夫か？」

床に倒れ込んだまま全く動く気配のないヤクザ男に、俺は首を傾げた。

あれ？　もしかしてコイツ、気い失ってる？

しかもなんか顔赤いし、息も荒くねぇ？

もしやと思いヤクザ男の傍にしゃがみ込み、その額に手を当ててみる。

「…げ、熱あんじゃんコイツ」

手に感じた高めの体温。

明らかに発熱してる男の身体に眉を寄せる。

マジかよコイツ、これが平熱ってわけじゃねぇよな。

女子寮忍び込んでハアハア興奮した結果がこれってわけじゃねぇよな。

えー、どうしよコレ。

「…仕方ねぇ、ちょっと探らせてもらうぜ」

第1章　スズランの館　　27

少し考えた末、気絶した男に形だけの断りを入れると俺は
男の服のポケットをゴソゴソ探り始めた。

何をって、携帯ですよスマート君ですよ。

さすがにこの状態の男を警備員さんに引き渡すほど俺も鬼
にはなりきれなかったんで、コイツのスマホからコイツの
知り合いに連絡取って引き取りに来てもらおうと思ってさ。

俺の一撃に懲りて男がもう二度と変態行為に走らないこと
を願いますよ俺は、ええ。

ただ他に余罪がないとも限らないんで身分証的な物を探し
て、身元をしっかり掴んでおくつもりですよ俺は、ええ。

けどスマホを探し当てる前に俺は自分の発見した物に、ま
たまた首を傾げることになったのでした。

「んあ？　これって…」

出てきたのは、濃いブルーのカードキー。

それは俺が持ってるのと同じ種類の、寮のカードキーで。

これを持ってるってことは、やっぱコイツもここの生徒な
のか？

あ、そういや確かカードキーには紛失した時の為に寮の部
屋番号と所有者のフルネームが記されてるってまさやんが
言ってたっけ。

じゃあコイツの名前わかるじゃん。

えーと、なになに。…って、んん？

『Sun No.2083　Noel Ryugasaki』

のえる、りゅーがさき？

♛ ノエルside

『仮にも龍ヶ崎の姓を名乗るなら——』
『あんな外人女のガキが何で——！』
『顔を見るだけでも虫唾が走る！　半人前の穢れた血め！』

「……ぁ？」
ふと目を覚ました俺が最初に見たのは、明かりの消えた天
井の照明だった。
朦朧とする意識の中、自分が柔らかなベッドの上に寝てい
ることがわかった。
目だけを動かし辺りを見回すも、どこかの部屋であること
はわかったがその場所の見当がつかない。
自室じゃねぇのだけは確かだ。
気を失う前までの記憶を呼び起こしてみるも、思考が上手
く…回らない。
朝から具合は最悪だった。
だが復学手続きの書類に記入漏れがあったとやらで学校に
呼び出され、仕方なく俺は制服を着て校舎の事務室へと向
かった。
その間も頭ん中で木霊する無数の煩わしい"声"と共に、
ズキズキと酷くなっていく頭痛。
それを誤魔化す為に、帰宅後に酒を飲んで寝た。

第1章　スズランの館　　29

喉が渇いて目が覚め、水を飲みにリビングへ出た。

そして…？

『わけわかんねぇことほざいてねぇで、やんならさっさと
かかってて来いよ。それともデケのは態度とその図体だ
けか？　あん？』

そうだ。俺はあの、オタク野郎に…

──ガチャッ…

「お、やっと目ぇ覚めたか」

「…！」

不意に部屋のドアが開く音と共に、何とものんきな声が耳
に入ってきた。

暗かった部屋に明かりが点く。

姿を現したのは、モッサリとした前髪の…あのオタク野郎。

「テメェ、よくも…──っ!?」

起き上がってそいつに掴みかかろうとした俺を止めたのは、
目眩がするほどの頭痛。

そして、それをも上回る脇腹の激痛だった。

ズキズキと、頭と脇から酷い痛みが襲いかかる。

「急に起き上がるなよ、お前熱がある上に脇腹にアザでき
てんだからさ」

「…っ、」

テメェがやったんだろうがっ！

そう怒鳴ってやりたいのに腹に力が入らず、俺はそのオタ
クを睨み付けることしかできなかった。

30

すると俺の言いたいことが伝わったのか、そいつは小さな
ため息を一つ。

「お前が先に仕掛けてきたんだろ、俺のは正当防衛」

「…、チッ」

俺が何も言い返せずに舌打ちを零すも、オタクは特に気に
した様子もなく。

ベッドの脇にあるチェストの上に置いた四角い箱の中を、
何やらガサゴソと探り出した。

辛うじて上半身を起こした俺が次の瞬間感じたのは、額に
何かがピタリと貼られた感覚。

「冷えピタはオッケー。あと即席で氷枕作ったからコレ頭
の下に敷いて。もうすぐお粥できっからそれ食ったら解熱
剤な、それまでは水分取って大人しく横になってな」

そう言ってテキパキと、俺にペットボトルに入ったスト
ロー付きの水を手渡すと。

用は済んだとばかりに、部屋を出て行ったオタク野郎。

再び静かになった室内に響いたのは、壁に掛かった時計の
秒針の音だけで…

「……」

何だ、これ。

一体何なんだ、あの野郎は。

第1章 スズランの館　31

冷たい手

弱火でじっくり、グツグツと。

「…よしっ、でけた」

捨てるのはもったいなくて、余ったお米を家から持参した
のが功を奏した。

煮干しで出汁取って煮たお粥の出来上がりです。

具がないとか言わないの。

一応梅は入ってるんだから。

自家製の小さい梅だけど。

だってここの冷蔵庫、水と酒しか入ってなかったんだもん
よ。

「確か、まさやんが1階にコンビニあるって言ってたな」

明日買い出し行かなきゃなー。

キッチンにあったお盆に鍋敷き、その上に土鍋を載せてリ
ビングを通り、俺は今日から住むことになったマイルーム
へ。

お盆で両手が塞がってるけどノブは肘でも開けられるんで、
ご心配なく。

室内は勉強机にクローゼットにベッドに、一人暮らしには
十分なワンルーム仕様となっております。

そうして部屋に入れば、上半身を起こした状態のヤクザ男
が俺のベッドにいた。

…横になってろって言ったのに、ったく。

ただベッドから出る気力はないらしく、座ったままジッと探るような目を俺に向けてきていた。

「ほらお粥、食欲なかったら無理に食わなくてもいいけど。何か少しでも腹に入れねぇと、食後に薬飲まなきゃいけねぇしさ」

ベッド脇にあるチェストの上にお盆を置く。

土鍋の蓋を開ければ、フワッと白い湯気が上がった。

一緒に持ってきた茶碗にお粥を適量よそい、レンゲと一緒にヤクザ男に差し出す。

「……」

「…うん、食欲ねぇなら無理に食わなくてもいいからさ。ひとまず手に持つだけ持って、匂いだけでも嗅いでみようぜ」

茶碗を受け取ることもせず無言で俺の手元を見つめるヤクザ男に対し、もう一度同じセリフを繰り返して促してみる。病人相手なんで、なるべく穏やかな声のトーンで。

コイツが目覚める前に体温計ぶっ差して熱測ったら、何と38.2℃もあったもんで。

これ以上熱が上がるようならお医者さんに診てもらった方がいいかもだけど、ひとまず薬飲ませて安静にしねぇと。

そうしてその状態のまま数秒待っていれば、ようやく俺の差し出した茶碗を受け取ったヤクザ男。

俺は俺で勉強机の椅子を持ってきて、ベッド脇に座る。

第1章 スズランの館　　33

パンッ！と両手を合わせて…

「んじゃ、いっただきますっと」

「…,」

土鍋の他にお盆に載せて持ってきた、2個のオニギリ。

お粥作るついでにこしらえたこれが、今日の俺の晩ご飯であります。

本当はコンビニに食材買い出しに行って、もっとガッツリ食いたかったんだけど。

毒味でもするように警戒しながら少しずつお粥を口に運ぶこのヤクザ男が、いつ目覚めるともわからなかったからさ。

「なぁ、お前さ…」

モグモグと、家から持ってきた海苔と自家製の梅で作ったオニギリを食いながら男に声をかける。

ヤクザ男は変わらず無言のままだったけど、目を向けて俺に言葉の続きを促した。

まあ、ヤクザ男っていうか…

「お前の名前ってさ、"龍ヶ崎ノエル"で間違いないんだよな？」

──ギロッ

「…睨むなよ、名前聞いただけじゃん」

ヤクザ男のポケットからこの寮室のカードキーを発見した時、俺が考えたのは二つの可能性だった。

一つはそのまま不法侵入案。俺の同室者ノエルちゃんのカードキーを盗んで寮室に忍び込んだっていう可能性。

もう一つはさっきも俺の頭に浮かんだノエルちゃんの彼氏案。合鍵的な感じでヤクザ男に自分のカードキーを渡してあるっつー可能性だった。

それを確かめるべく続いて見つけた男のスマート君からアドレス帳を拝見するも、登録数が極端に少ないそこにはどれだけ見ても彼女の"龍ヶ崎ノエル"の名前は見当たらなくて…

「やっぱノエルちゃんのストーカーか何かコイツ？…ん？あれ、そういや…」

その時不意に、第三の可能性が俺の頭を過ぎった。

リビングから、奥に二つ並んでる扉をジッと凝視。

ひとまず右の扉をガチャっと開けてみれば、そこには数個の段ボールが積まれていて。

箱にマジックで書かれた"服"や"本"やらの字から、ここが今日から自分の部屋になる個室であることを悟った。

そしてチラリと左の扉へ目を向ける。

まさかそんなと思いつつ、俺はマイルームに隣室する部屋の扉をそっと開いたのだった。

そこには…

——ガチャッ…

「…何もねー」

備え付けのベッドと勉強机と本棚以外、ほとんど何も置かれてないシンプルな部屋が広がっていて。

辛うじてあったのは数冊のメンズ雑誌と、壁に掛けられた

第1章 スズランの館　　35

男物の上着だけ。

到底女の子の部屋とは思えない。

俺が言うのもなんだけどさ。

つまりはこの部屋に住んでるのは、男。

しかも現在絶賛気絶中のヤクザ男が、俺と同室の"龍ヶ崎ノエル"であるっつー三つめの可能性が大になったってわけ。

つっても本人に確認するまでにわかには信じられなかったからさ。もしかしたらのもしかしたらで、ノエルちゃんが俺と同じようなボーイッシュな女の子って可能性もなきにしもあらずだったからさ。

仕方なく俺はヤクザ男を、ノエルちゃんの部屋ではなく自分の部屋へ。

ずーるずる、ずーるずるとでかい身体を引きずってベッドに放り込んだのがつい1時間前のこと。

俺は目の前でお粥を食べてる男――龍ヶ崎ノエルを見つめながら、浮かび上がる最大の疑問について考えていた。

今日俺は"女子寮"であるこの太陽寮に入寮したはずなのに、なぜ"男"のコイツが同室者なのかということ。

そしてその事案についてうんうんと考えていく中でふと思い出したのは、この太陽寮の男前寮長さんのことで…

『ハハ、男と女をごちゃ混ぜに寝かすわけにはいかねぇだろ？』

――まさか、なぁ…。

36

「なぁノエ…」

──ギロッ

「…龍ヶ崎。まさや…半田先輩ってさ、女子寮の寮長で合ってるよな？　間違いねぇよな？」

嫌な予感、湧き上がる焦燥。

俺の質問にヤーさん顔な龍ヶ崎は何とも怪訝（けげん）そうに眉を寄せたあと、つぐんでいた口をようやく開き俺の質問に答えてくれた。

「スズラン館の寮長で、半田っつったらこの太陽寮の…。

──…"男子寮"寮長の半田しか、いねぇだろ」

はい、問題発覚です。

──…

そりゃさそりゃさ。

俺だって、変だなって思ったんだよ？

女子寮の寮長が、何で男なんだろ？ってね。

けどさけどさ。

俺の入寮許可書があって、それ出されっちゃたらさ。

まさやんが俺の入る"女子寮"の寮長だって思うじゃん。

晩ご飯を食べ終えた俺はマイルームにて、一人うんうんと頭を悩ませていた。

これって多分、書類ミスか何かだよなぁ。

この容姿や名前、言動のせいで俺は男と間違われることが多くて。

第1章　スズランの館　　37

バイトの面接の時も男だと思われて採用されることあった
し…履歴書に女ってちゃんと書いてたのにね。
中学ん時も卒業まで俺のことを男だって思ってた先生とか
いたし…ちゃんと制服のスカート穿いてたんだけどね。
だからこれまでと同様、今回も男と勘違いされちまったん
だろうって推測がついた。
ただこれまでと違って今回この問題を解決するのは、実は
意外と簡単。
ある人物に電話一本かければ済む話。
しかしながら俺がその手段を取れずにいる理由、それは…
――ハァ…、ハァ…
俺の部屋のベッドに横たわりながら、荒い呼吸を繰り返し
てる存在に他ならなくて。
今はこのおっきな病人をほっとけねぇしなぁと、ため息一
つ。
食後に風邪薬飲ませて、俺が台所で後片付けしてる間に寝
ついた様子の龍ヶ崎。
ただ薬もすぐに効くわけじゃねぇから、今はまだ熱に苦し
んでる状態が続いていた。
もしかしたら脇腹の怪我も苦しみ要因の一つなのかも。
知らなかったとは言え、不審者と間違えて腹パンしちゃっ
た俺にも責任あるよなぁやっぱ。
「…っ…っ」
悪い夢でも見てるんだろうか、眉を寄せながらうなされて

いる大型獣。

俺はお勤めを終えた冷えピタを剥がすと、代わりに自分の手をそっと乗せた。

うーん、まだ熱いなぁ。

「っ…、っ…？」

するとその時、龍ヶ崎の睫毛がふるりと震えた。

ゆっくりと瞼が上がる。

さまよう視線、龍ヶ崎の目が俺を捉える。

その瞳が一瞬"痛み"に揺れたのを、俺は見逃さなかった。

一体どうしたのかと口を開こうとした…次の瞬間。

──パンッ！

「うおっ!?」

龍ヶ崎の額に当てていた手が、突如振り払われる。

いきなりのことに驚いて目をぱちくりさせていれば、上半身を起こしてこちらを睨み付ける男がベッドにいた。

「うぜぇんだよ、このオタク野郎…！」

「……」

え、何でまたキレてんのコイツ。

え、熱がどんなもんか額に手当てて測ってただけじゃん。

 えええ、俺コイツの地雷がどこにあんのか全然わかんねぇんだけど。

てか、俺オタクじゃないって。

「何なんだテメェ、一体何が目的だ…！　俺に恩でも売って"家"に取り入る気か、あぁ!?」

第1章　スズランの館　　39

…うん、何て言うか。

普通病人って、弱気になるもんなんじゃねえの?

人肌が恋しくなって、甘えたな自分が顔を出すもんなんじゃねぇの?

何この手負いの獣、超殺気立ってるよ。

ヤクザ面、5割増です。

「落ち着けって、お前何をそんなに怒って…」

「──っるせぇ!!!」

ちょ、他人の話遮りすぎ。

キレやすいのも考えものだぜ。

そんな俺の心境とは裏腹に、龍ヶ崎のボルテージは独りでにどんどん上がっていく。

つーか熱のせいで前後不覚状態になって、完全に自分を見失ってるみたいだった。

「うざってぇんだよどいつもコイツも! テメェ等の利益や権力や面目がそんなに大事なら"そっち"で勝手にやっときゃいいじゃねぇか! くだらねぇ駆け引きに、俺を巻き込むんじゃねぇよ!!」

一体何のことを言われてるのか、わからなかった。

ただ俺に向かって怒鳴る龍ヶ崎は"俺"にっていうよりも、俺を通して"誰か"に向かって叫んでるようで…

「龍ヶ崎、あんま大きい声出すなって。また熱が上が…」

「俺に指図すんじゃねぇ!!!」

ハアハアと荒い呼吸を繰り返す手負いの獣。

それでも龍ヶ崎はなおも俺を睨み付けながら、言葉を続けたのだった。

「俺はテメェみてぇに他人の心配をする自分に酔ってやがる偽善者野郎が、一番嫌ぇなんだよ!!!」

「……」

うん、そっか。

よし、わかったぜ。

「言いたいことはそれだけか？」

「…あぁ!?」

龍ヶ崎と目線を合わせるために腰を下ろしていた俺は、ゆらーりと立ち上がると片足をベッドへと乗り上げた。

そして、次の瞬間…

──ゴンッ!!!

「──っ!!?」

龍ヶ崎の脳天に、拳骨を一発お見舞いしてやったのだった。

「っ、テメェ何しやがる!!」

「それはこっちのセリフだってぇの！」

フンッ！と荒々しい鼻息一つ。

両手を腰に当て、仁王立ちのポーズを取った。

もーう怒っちゃったんだかんね俺は。

「ついさっき会ったばっかのお前に、俺の行動を偽善だなんて言われたくないね！　俺にとっちゃ病人がいたら看病するのは"偽善"じゃなくて"当然"のことなの！」

熱があって、苦しんでて。

第1章　スズランの館　　41

助けを必要とする相手が目の前にいたら、それがたとえ初めて会ったゴツいヤクザ男でも看病するっつーの！
別にお礼の類いを期待してたわけじゃねぇけど、わけわかんねぇことで怒鳴り散らされるいわれもねぇっつーの！
「他人の心配をする奴は自分に酔ってるだけの偽善者って、何だそりゃ!?　世の中の人間皆が皆、お前の言うような薄っぺらいナルシストばっかだと思うなよ！」
何となく、龍ヶ崎が叫んでた一見脈略のない言葉から察せれたのは。
コイツにとっちゃ"他人の心配をする＝そんな自分に酔ってるだけの人間"っていう、何とも哀しい方程式が常識になっちまってるみたいだってことだった。
けどそんなもん、俺から言わせたらそれこそ知るかっつー話だっつーの！
病人なら大人しく看病されてろっつーの！
「ガキみてぇに怒鳴り散らして威嚇して、お前の方こそ周りにあるもん全部を拒絶してる自分に酔ってるだけじゃねぇか！」
「っ、会ったばかりのテメェに俺の何がわかるってんだ！　テメェの言う"当然"なんて、そんなもん…！」
龍ヶ崎の瞳がまた、痛みに揺れた。
グルグルグルグル、熱に混乱する大型獣。
そして吐き出される、その口から。
痛みの、欠片が…

「俺には今まで、一度だって──…！」

「…！」

その叫びに、俺は目を見張った。

龍ヶ崎本人も、言うつもりはなかったんだろう。

口にした傍から、それを後悔するかのように下唇を噛んでいた。

握っていた拳を、ゆっくりとほどく。

少しの静寂のあと、俺はポツリと口を開いた。

「…わかんねぇよ、だって俺お前のこと何も知らないし。でもお前だって俺のこと、何も知らねぇじゃん」

俺がちょっと落ち着いたトーンの声で言うと、龍ヶ崎はぐっと言葉に詰まったようだった。

「俺もお前も今日が初対面だろ。俺はお前がどんな奴かも、何をそんな苛立ってんのかも知らねぇけどさ」

ついさっき会ったばっかりの、他人同士。

それでもコイツが、熱のせいだけじゃなく。

何かいっぱいいっぱいになってんだってことは、わかった。

けど…

「俺にとっちゃ本当に、病人を看病するっていうのは"当たり前"のことなんだよ。信じられないならそれでもいいし、龍ヶ崎がこの先いくら俺を拒絶してもうざがっても構わねぇからさ。お前にとってイレギュラーな状態の今くらい、俺の"当たり前"に目を瞑っても死にはしねぇんじゃねぇの？」

第1章 スズランの館　　43

文句があんなら元気になってから言いなと、俺がそう続け
ると、龍ヶ崎はシン…と黙り込んでしまったのだった。
…うん、今更ながらちと反省。
病人相手にでかい声で説教かました自分に。
その上、拳骨食らわせた自分に。
けどコイツ、あまりにも頑なっていうかさ。
初対面で喧嘩売られてわけわかんねぇことでキレられて、
それで大人な対応ができるほど俺もできた人間じゃねぇか
らさー。
「俺がただお前をほっとけねぇってだけで、お前に恩売っ
て取り入るつもりとかねぇし。とにかくお前は、早く風邪
治すことだけ考えとけばいいんだよ」
俺は龍ヶ崎に向かって、おもむろに手を伸ばした。
ぽんぽんと、拳骨を食らわせた龍ヶ崎の脳天を労るように
頭をそっと撫でる。
そのまま龍ヶ崎が何も言わないのをいいことに、さわさわ
とその髪の感触を堪能。
いやさ、前髪を後ろに流してっからワックスでガチガチに
固めてるかと思いきや。
意外や意外、龍ヶ崎の髪質は手触りがよくて気持ちくて。
「…偽善者野郎、」
さわさわヘアー満喫中の俺に向かって、俯いたままの龍ヶ
崎がボソリと一言。
でもそれには最初の時のような、刺々しい感じはなくなっ

44

てて…。

不意に俺は、こんな大きい身体したヤクザみたいな男が、親に怒られて拗ねちゃった子供みたいに見えたんだ。

「おう」

それが何だかおかしくて、さっきみたいに怒ることもなく俺は思わず笑みを零しながら頷いた。

俺にとっては当然だけど、コイツにとっては偽善。

今はいいさ、それで。

それでもコイツに熱があんのは変わらなくて、誰かの手助けがあるに越したことはなくて。

俺はコイツをほっとけなくて、俺に看病されたって死ぬわけじゃねぇんだからさ。

だから当然でも偽善でも、今くらいは…ね。

「今は何も考えないでもう寝な、俺はずっとここにいるからさ」

そうして俺はこの"大きな子供"が、安心するように語りかけながら。

そっと、横になるよう促したのだった――…

――スー…、スー…

…やっと寝た。

荒ぶる大型獣をどうにか寝かしつけることに成功した俺は、ほっと息を吐いた。

起こさないように気をつけながらタオルでそっと汗を拭い

てやって、額に新しい冷ピタをペタリ。

相変わらず眉間に皺が寄りっぱなしだったけど、さっきまでと比べたら呼吸が穏やかになったような気がする。

『俺には今まで、一度だって──…！』

…うん。

多分龍ヶ崎って、普段あんなふうにぶちまけることはしないタイプなんじゃないかな。

キレるにしてももっとこう、静かに凄むタイプなんじゃないだろうか。

それが今日たまたま風邪で熱上がっちゃって一気に爆発したって感じ、かなぁ。

まぁ何度も言うように、今日初めて会ったばっかなんで。あくまで推測に過ぎないけど。

龍ヶ崎の言う"そっち"ってのが何なのかはわかんねぇけど、コイツの周りには何つーか…ろくな奴がいなかったんだな。

同情はしねぇけど、別段可哀想とも思わねぇけど。

病人ってこととは別に、何だかほっとけねぇって思ってしまった。

この学園に来るくれぇだから龍ヶ崎ん家も、それ相応の金持ちなんだろう。

金があって名門って呼ばれてる学校に通えて快適な部屋に住めて、こんなに恵まれた環境にいて一体何を不満に思うことがあるのか。

普通なら、そう思うだろうけど…

——独りはやっぱ、きついもんな…。

ただでさえ"生きてく"ってだけでも、大変で。

それがたとえ、どんなに恵まれた環境ってやつだろうと。

不満や苦悩、それ故の悲しみは付きものなんだ。

だからこそ皆、求めてしまうんだ。

自分の苦しみや悲しみを、分かち合ってくれる存在を。

喜びや幸せを、分かち合いたいと思える存在を。

自分の傍にいてくれる人を、自分が傍にいたいと思える人を…

——…コイツにも、見つかるといいんだけどな。

コイツにも、いつか。

自分の苦しみや悲しみを、わかってくれる存在が。

心許せる、存在が——…

——ブー、ブー

「…ん？」

龍ヶ崎の寝顔を見つめながらぼんやりとそんなことを思っていれば、不意にジーンズの後ろポケットから伝わる振動に我に返った。

スマート君を取り出して見ると、メールが一件。

あ、三鷹さんからだ！

表示されていた名前に、テンションが一気に上がる。

それは俺がこの学園の奨学試験を受けるに当たって、推薦

第1章 スズランの館　　**47**

人になってくれた人物。

母さんの中学の頃の同級生で無二の親友、三鷹義嗣さん
だった。

180cm超の身長に服の上からでも引き締まってるとわかる
身体、濡れたような黒髪にワイルドな顔立ち。

男盛りの30代前半、そこにいるだけで女の人の視線を独り
占めする野性的な色男さん。

けど俺にとっては昔から俺のことを可愛がってくれた、本
当の父さんみたいな存在の人だった。

三鷹さんは会社の社長さんをやってて、詳しくは知らない
けど実家も物凄いお金持ちらしい。

ただ中学時代にヤンチャをしてて母さんと一緒に流した武
勇伝も数知れず、その繋がりで俺のことも小さい頃からよ
く構ってくれてたんだよね。

そして今年初めて鈴蘭学園に導入された、奨学制度。

その"被験者1号"として天涯孤独の身の上となった俺を
推薦してくれた三鷹さんは、この学園のOBだったりする。

いそいそと心躍らせながら、三鷹さんからのメールを開い
た。

すると、そこにはほんの短い文章が。

『鈴蘭の箱入り共なんかに負けんじゃねーぞ、マコ坊』

…へへ、三鷹さんらしい。

さんきゅ三鷹さん、元気出た。俺、頑張るよ。

三鷹さんの激励メールに胸がジンとして、ニマニマ笑顔を

48

零しながらすぐに返信しようとする。

けどその時、三鷹さんのメールにまだ続きがあることに気がついた。

メールをスクロールしてみて、あらビックリ。

『…部屋に男なんか入れんじゃねぇぞ』

「……」

俺の部屋で寝息を立てて眠るヤクザ男を、思わず凝視。

…三鷹さん、エスパー？

第1章　スズランの館　　49

コンビニ事件

「ふわあ…」

大きなアクビを一つ、眠い目をスリスリ。

何とも濃厚な一夜を明かした本日、俺はスズラン館1階に
あるっつーコンビニへと向かっておりました。

いよいよ入学式を明日に控えた、入寮2日目。

コンビニへの道中ちらほらと他の寮生とすれ違う、どうや
ら朝ご飯食べに食堂に向かってるみたい。

そいつ等を横目に、なっがい廊下を進む。

ちなみにいまだに前髪はモッサリ中、昨日はヤーさんの看
病にかかりっきりで荷解きがまだなもんで。

んでもって龍ヶ崎クンは、まだまだベッドの住人です。

目を覚ましてから一度自分の部屋へ戻ろうとしてたけど、
ベッドからの第一歩で崩れ落ちたてたから…

「大人しく寝とかねぇと、脇にもう一発入れるぞ」

って脅し…注意したら俺のことをジッと睨み付けたあと、
渋々ながらベッドに戻ってこっちに背を向けて横になって
いた。

何か栄養のあるもん食べさせねぇとな。

庶民派な俺にとっちゃコンビニって定価販売がネックだけ
ど、意外と品揃えいいから必要な物は粗方買えるよな。

「…って、え。何これ、すげぇゴージャスなんだけど」

50

辿り着いたスズラン館1階。

ウィーンと自動ドアが開いた先には、コンビニっつー表現が当てはまらない規模の煌びやかな空間が広がっておりました。

——これが、コンビニ…？

コンビニっていうよりあれだよあれ、デパ地下。

めちゃ広いし、めちゃキレイだし。

何つーか、空気がキラキラしてんだけど。

…ここ、コンビニって名乗っちゃいけないと思う。

普通コンビニにデパ地下で見るようなスイーツが陳列したショーケースはないと思う。

普通コンビニにデパ地下にあるような焼き立ての香りが漂うパン屋さんはないと思う。

そんなデパ地下コンビニの有様に寝起きの目をしゅぱしゅぱ攻撃されつつも、何とか気を取り直してカートに手をかけた。

あ、ちなみに会計は現金じゃなく寮のカードキーがクレジット機能も兼ねてて、それで支払われるようになってるんだって。

凄いよね、ハイテク。

つか龍ヶ崎って、嫌いな食い物あんのかな…？

まぁいっか、あったら俺が貰って食えば。

カラカラとカートを押して自称コンビニを物色。

ふんふんふーんと、鼻歌交じりに食材をカゴに入れていく。

第1章　スズランの館　　51

昨日の俺の晩飯、オニギリ2個だったんで。

朝だけどガッツリ肉系を食べたい気分です。

龍ヶ崎の方は消化にいいオジヤか中華粥辺りがいいかなーと、頭の中で献立を考えながら食材を吟味していた時だった。

「おいそこの貧乏人、お前だよな噂の外部生って奴は」

「…ん？」

突如かけられた声。

振り返った先にいたのは、いかにもイイとこの坊ちゃん嬢ちゃんって感じの男女5人組だった。

どいつもこいつもニヤニヤくすくすと笑いながら、俺に近づいてきて。

…？　何だ？

モッサリ前髪の奥から訝しげにそいつ等を凝視していると、集団の先頭にいた男が見下したような嫌なニヤけ顔でまた俺に話しかけてきたのだった。

「何だよつまんねぇ、ただのガリ勉野郎かよ。誰だよ、外部生が天才美少年なんてデマ流した奴は」

アハハ、フフフと笑う5人組。

…？　外部生って俺のことだよな？

奨学生じゃなくて外部生って言葉のニュアンスにちょっと引っかかりを感じるも、ひとまずそいつ等に向き直った。

「何か用？」

どうやら俺に話があるみたいなんで、ひとまず簡単なクエ

スチョン。

けど明らかに小馬鹿にした感じで声をかけてきた相手に、愛想よくしてやる義理もないんで素っ気なく。

そんな俺の態度が気に障ったのか、カッと頭に血が上ったように目くじらを立てる先頭の男。

「っ、庶民のくせに誰に向かって偉そうな口利いてんだよ！」

「……」

えっと、これ俺絡まれてる？

「ちょっと頭がいいからって勘違いして、たかが貧乏人の分際で【鈴蘭】に入ってくるなんてホント厚かましい奴だよな。こんな庶民丸出しの野郎が鈴蘭生だなんて学園の格が下がるってもんだ、あ〜やだやだ」

俺がそいつ等の目的を図りかねていれば、また元のニヤニヤ顔に戻って口を開いた先頭の男。

言いにくいから男Ａね、男Ａがふんっと鼻で笑うとそれをキッカケに後ろの連中もまたクスクスと笑い始めた。

「本当、みすぼらしい格好ですわ」

「あ〜臭い臭い、近づくと貧乏臭がこっちにまで移っちまうぜ」

…あー、何かちょっと面倒臭ぇ奴等に出くわしちゃったかも。

俺、早く部屋戻って飯作りたいんだけどなぁ。

めっちゃ腹減ってっし、昨日ほど高くはないけど龍ヶ崎の

第1章　スズランの館　　53

奴もまだ熱あるからあんま一人にしたくないし。

俺はポリポリと頬を掻きながら、どうしようか考える。

だってさ、何かしてくんなら応戦のしようもあんだけどさ
…

「まぁ貧乏人にはその程度の安物の布切れがお似合いだろ」

「こんな方が【鈴蘭】の制服に袖を通すなんて考えただけ
でもゾッとしますわ、私達生粋の鈴蘭生に対する侮辱です
わ」

…コレだもんなぁ。

ちなみに今日の俺のスタイルは黄緑のモコッとしたパー
カーに、黒の膝下短パンとサンダルをつっかけて出てきま
した。

動きやすさ重視です。いぇい。

——もう行っていいかな…。

最初はホントにこんな金持ちいんだなって、ちょい物珍し
くて新鮮だったけど早くも飽きてきたよ。

地元にもいたな、こういう井の中の蛙タイプ。

時間の無駄だし買い物の途中だし、もう無視しちゃお。

そう結論づけた俺はクルッと前を向いて、カートを押して
買い物を再開しようとしたんだけど…

「おい待てよガリ勉野郎！」

…男Aに肩を掴まれて、引き止められちゃいました。

「…まだ何かあんの？」

自分じゃ気づかなかったけど、多分この時の俺の声はかな

り冷めてたんだと思う。

だってほら、振り向いた先にいた男Aがビクッてなって顔青くしちゃったし。

つかやっぱ前髪うぜぇな、視界が悪い。

戻ったら早く髪ピン見つけなきゃな。

「しょっ庶民の分際で誰にそんな口利いてんだよ！ 俺の親は大手不動産会社の社長なんだ、お前の"家"なんか俺次第でいつでも潰せるんだからなっ！」

青ざめながらも虚勢を張るのは金持ちゆえのプライドか。

別にテメェの親が不動産屋の社長だろうが、どうでもいいし。

アパートはもう引き払っちゃってっから、家なき子だしね俺。

「そんだけ？ もう何もないなら俺行きたいんだけど」

早く帰りてぇの。

部屋で風邪引きさんな大型獣が待ってんの。

俺が男Aをまともに相手にしてないってのが本人にも伝わったのか、今度は反対に顔を真っ赤にさせてしまう。

他の4人もすんごい睨んできてっし。

不穏な雰囲気を察したコンビニの店員さんや他にいた生徒達も、何事？って感じでこっち見てきてるよ。

「〜っ、舐めてんじゃねぇぞ貧乏人がっ!!」

そんな叫び声が上がったと思った次の瞬間、男Aは俺に向かっていきなり拳を振り上げたのだった。

第1章 スズランの館　　55

──ひょい

──スカッ…

「…ってめぇガリ勉！　避けんじゃねぇよっ!!」

いや、避けるって。

男Aの渾身(こんしん)の右ストレートを軽くかわせば、更に顔を赤くさせて叫ぶそいつがいた。

男Aは俺に避けられるって思ってなかったらしく、ますます顔を怒りで真っ赤にさせワナワナ震え出した。

「貧乏人風情が馬鹿にしやがってっ…！」

そう言って懲りもせず、また殴りかかってくる男A。

あー…、何かもう避けてやんのも面倒臭くなってきたや。

──パシッ！

「っ、…お前！」

男が驚いてんのは、俺がそいつの拳を片手で軽々と受け止めてしまったからで。

まさか自分より格下だと思っていた相手に避けられた上、受け止められるとは思っていなかったのか。

驚きと戸惑い、そして少しの怯(おび)えが見え隠れする顔でこちらを見つめてきていた。

はぁー…ホント、事を荒げたくなかったんだよ俺は。

お店に迷惑かけて、コイツ等のせいで出禁になったりしたら最悪だし。

でもこれ以上コイツ等の相手したくねぇし。

２回も殴りかかられたんだから正当防衛ってことでこれく

らい、いいよな。

「よっと」

「——っ!?」

俺は男Aの手を掴んだまま、その身体をクルンと回転させて腕を捻り上げた。

よく警官が犯人拘束する時にやるアレです。

男Aは声にならない悲鳴を上げてる。

一応言っとくと、あんま痛くしてないよ。

ちゃんと加減してるっての、軽く捻ってるだけだかんな。

「俺さ、早く部屋に戻りたいんだよね。これ以上手荒な真似したくねぇしさ、今日のとこは見逃してくんない?」

「…!」

俺は男Aにだけ聞こえるように、そっと耳元で囁いた。

5人組の中でコイツがリーダー格みたいだし、男Aが引けば外野も従うだろうと思ってさ。

野次馬の数も増えてきてっしこれ以上の面倒は避けたいし、今一度説得を試みる。

しかしながらいくら待っても男Aからの返答はなし。

仕方なく俺は返事を促そうと、捻り上げた腕にほんの少し力を込めようとした…その時だった。

——カツ…

「そこで何をしているんですか?」

突如、足音と共に聞こえた涼やかな声によって張り詰めていた場の空気が霧散した。

第1章 スズランの館　　57

声のした方に目を向けた俺は、思わずうおっと声を上げそうになっちゃいました。

颯爽と俺達の間に入ってきた人物、それは栗毛色の髪をした眼鏡男子君だった。

一言で言うと"王子様"的な美形さん。

周りの空気がきらきらしてんの、キラッキラ。

真ん中分けのサラサラヘアーに、天使の輪っかできてんよ。

「おはようございます皆さん、君達は…新入生ですね。このたびは【鈴蘭】への入学、おめでとうございます」

にこやかな笑みを浮かべ近づいてくる、お伽の国の王子様。

王子の登場に半ば呆然としていたその他4人組は、ハッと我に返った様子で勢いよく王子に駆け寄っていった。

「桐原様、おはようございます!」

「今日もご機嫌麗しく桐原様っ!」

どいつも顔を上気させ、我先にと王子に話しかけている。

どうやら王子は"キリハラ"って名前らしい。

周りの野次馬達からも「桐原様…!」って、黄色い声が上がってるし。

…てか野次馬の数、急激に増えてねぇか?

ざわざわと周りが色めき立つ中、俺はいまだに男Aの腕を捻り上げたままキリハラ様に目を向けた。

すると向こうも俺を見ていたようで、バチッと目が合った…ような気がした。

──ニッコリ

「……」

モッサリとした前髪でキリハラ様から俺の目は見えていな
いはずなのに、俺はなぜかキリハラ様のにこやかな微笑か
ら目を逸らすことができなかった。

じっとりと、嫌な汗が背中を伝う。

サラサラヘアーの王子様なのに。

物腰柔らかで言葉遣いも綺麗なのに。

穏やかな笑みを浮かべる優しげな風貌なのに。

なーんかこう、背筋がザワザワするっつーか。

「君はもしかして、昨日入寮したっていう外部生君かな？」

優しげな笑みを向けてくるキリハラ様。

その物腰から、俺より年上なんだろうと何となく感じ取る。

しかし俺が答えようとしたその時、その他４人組から横槍
が入った。

「桐原様聞いてください！」

「あの外部生がいきなり私達に突っかかってきて！」

「私達は親切に外部生に挨拶をしただけですのにっ」

「その上暴力まで！」

…おーい、脚色しすぎだぜー。

てか捏造もはなはだしいぜー。

その他４人組の主張をキリハラ様は優しげな微笑でなだめ
ると、再び俺に目線を戻してきて…

「とりあえず、彼を放してあげてくれないかな？」

困ったような微笑みを浮かべ、俺が拘束したままだった男

第１章 スズランの館　　59

Aを指差したのだった。

あ、忘れてた。ごめん、男A。

パッと腕を離すと男Aは俺を一度睨みつけたあと、腕を押さえながらキリハラ様のもとへ走り寄っていく。

「桐原様！　この貧乏人が俺の腕をっ…！」

いかにも、腕が痛くて動きませんって演技してる男A。

俺がどんなに野蛮人だったかを、口々にキリハラ様に説明している。

キリハラ"様"って呼ばれてるくらいだから、マジでどっかの国の王子様なのかなって思ったんだけど。

でも顔は日本人だし日本語ペラペラだし、しかも制服着てるからここの生徒…だよな？

なぜに、様づけ？

もしかして先輩とかに対しては、様づけが当たり前とか？

え、俺も挨拶する時ごきげんようとか言わなきゃダメ？

俺がそんなことを考えてる間にキリハラ様は5人組の言い分を一通り聞き終えたようで…

「君達の言った通りなら、外部生君には何らかの処罰をしなければいけませんね」

キリハラ様はそう言うと、少し気の毒そうな顔をしながら俺を見つめてきたのでした。

男Aを始めそいつ等は、キリハラ様の言葉にフンッと勝ち誇ったような顔。

でも俺は、それどころじゃなかった。

いかにも悲しげな表情のキリハラ様、けどその目の奥は…
──笑っていた。

いや、さっきから微笑みは浮かべっぱなしなんだけどね。

何て言うか、目の奥に冷たい光が見え隠れするっつーか。

…この王子、見かけによらずかなりの曲者っぽいな。

「私は、問答無用で暴力を振るう人間は嫌いです」

キリハラ様の言葉に5人組はまたニヤリ。

けど次の瞬間、その顔は青く染まることとなる。

「──…そして嘘をつく人間は、もっと嫌いです」

ピタリ…と、5人組の身体が一瞬にして固まる。

それにまるで気づいてないかのような素振りで、キリハラ
様は言葉を続けた。

「昨日入寮したばかりでまだ【鈴蘭】での生活に不慣れな
外部生君に対して、先ほどの貴方達の行為は"ご挨拶"で
済まされるのでしょうか…？」

キリハラ様の声色は、どこまでも優しく。

けどその目の奥は、どこまでも冷たく。

そしてやっぱり、どこまでも…愉しそうだった。

「きっ桐原様、僕達は決してそのような！」

「私達はこの方の態度があまりにもよろしくなかったので、
それで注意して差し上げただけで…！」

王子の言葉に焦った5人組は、何やかんやと言い訳をし始
める。

王子はそんな5人組を一瞥すると、誰もが見惚れるプリン

第1章 スズランの館 　61

ススマイルを浮かべた。

ほっと５人組や野次馬連中から感嘆の声が上がる中、王子は先ほどと変わらぬ穏やかな口調で言葉を続け…

「私は、最初から全て見ていたのですよ？」

──ピタリ…

今度こそ誰も何も言わなくなり、静寂だけがそこに流れた。

５人組にとって完全に風向きが変わってしまった状況下で、王子は言い聞かせるようにゆっくりと言葉を紡ぐ。

「これ以上の空言は外部生君でなく、"生徒会"への冒涜と受け取りますよ。わかったら皆さん、もう自分の寮室へお戻りなさい」

…生徒会？

俺一人が首を傾げる中、５人組は苦虫を噛み潰したような顔をしてキッとこちらを睨み付けたあと、すぐにキリハラ様に一礼してそのまま足早に立ち去っていったのだった。

──…えっと、これは助かった…のか？

そそくさと退散していった５人組の後ろ姿を見送っていた俺がふと顔を正面に向ければ、ニッコリと微笑んでる王子と目が合った。

あー…、余計タチ悪い奴に捕まっちゃったかもコレ。

「初めまして、外部生君。私は桐原聡一郎、鈴蘭２年生でこの学園の生徒会副会長を務めさせてもらってるよ」

よろしくね、と俺に握手を求めてくるお伽の国の王子様。もとい、桐原先輩。

そんな丁寧な自己紹介をされたら、俺も返さないわけには
いかなくて…
「黒崎誠です、知ってるみたいッスけど今年から入った奨
学生です。えー…よろしくお願いします」
うん、俺何気に自己紹介で握手交わすとか初めてかも。
王子の手を取るまでに少し時間がかかったのは、ちょっと
した俺の抵抗。
だって…あんまお近づきになりたくないかなー、なんて。
偏見よくない、第一印象で決めつけるのよくない。
それはごもっともなんだけど、何かこの王子いやーな匂い
すんだよね。
俺の第六感が危険危険！って警報鳴らしてんの。
5人組が去っても周りの野次馬は解散する気配なし。
つか俺が王子と握手しただけで非難の悲鳴が上がってるっし。
…うん、俺自分の直感信じる。
「仲裁に入ってくれてありがとうございました、助かりま
した。んじゃ、俺はこれで」
もう会うこともねぇだろうけど、と心の中で付け加えて。
お礼と共に桐原先輩に片手を上げて、俺はカートを押して
レジへと向かおうとしたんだけど…
「そんな、お礼を言われるほどのことじゃないよ。むしろ
彼等がとても失礼な態度を取ってしまってすまなかったね、
副会長として彼等に代わって謝罪するよ」
にこやかな笑顔を浮かべたまま、俺の隣に並んで歩き出し

第1章　スズランの館　　63

たお伽の国の王子様。

…え、何でついて来んのこの人。

───……

「あー…ここまで送ってもらって、アリガトウゴザイマシ
タ」

「ううん、鈴蘭生が困ってるのを助けるのは副会長である
私の義務だからね」

気にしないで、と言う桐原先輩はどこまでも王子スマイル
を崩さない。

コンビニで会計を済ませたあと、なぜか桐原先輩に荷物を
運ぶのを手伝ってもらうことに。

いや、俺一人で運べたんだけどね。

いくら遠慮してもこのキリハラ様が、笑顔で親切をゴリ押
ししてくるもんで。

ほら、また君に因縁をつけてくる子達がいないとも限らな
いから。ね、ね、ってな感じで。

そうやって何だかんだで、太陽寮の俺の寮室前まで送って
もらった今現在。

ここまでの間に、それはそれは色んな質問を俺に投げかけ
てきた桐原先輩。

出身はどこか？とか、趣味は何か？とか。

どれも当たり障りのないものばかりだったけど、にこやか
に見えるその目はやっぱり笑ってなくて。

いや笑ってはいるんだけど、俺のことをまるで"観察対象"みたいにじっとりと見てきて、落ち着かなかったのなんのって。

──ピッ、ガチャ…

「それじゃ、俺はこれで」

カードキーで扉を開け、桐原先輩に持ってもらってた買い物袋二つを受け取る。

今度こそサヨナラだと、戻るの遅くて風邪引きさんな大型獣が餓え死にしちゃってるかもしんないなぁと。

そんなことを思いながら、俺は確かに王子様に別れの挨拶を告げたはずなんだけど…

「…あの龍ヶ崎君と同室だなんて、黒崎君も大変だね」

何気なく放たれた王子様の一言に、俺の動きが止まったのでした。

桐原先輩から出た名前は、ただ今部屋で寝込んじゃってる大型獣の名前。

俺の同室者、…暫定のな。

寮室の扉の横に名札プレートがあっから、王子がそれを見て俺の同室者を知ったんだとしても不思議じゃない。

そんなことよりも気になるのは、"あの"という言い回し。

俺は両手に買い物袋四つを持ったまま、後ろにいる桐原先輩に向き直った。

「【鈴蘭】に来ていきなり龍ヶ崎家のご子息と同室だなんて、黒崎君も色々と気苦労が絶えないだろうね。何か困ったこ

第1章 スズランの館　　65

とがあったら遠慮なく相談してね黒崎君、私でよければい
つでも力になるから」

心底心配そうな口調で、俺に語りかけてくるプリンス桐原。

ただ、その目はやっぱり愉しそうで…。

俺はそれに気づかない振りをしながら、桐原先輩に"当然
出てくる疑問"を投げかけた。

「…龍ヶ崎ん家って、そんなに金持ちなんスか？」

【鈴蘭】に入るぐれぇだし、俺以外の生徒は皆多かれ少な
かれ金持ちには違いない。

ただあえてそんな疑問を口にしたのは、この王子が否定す
るだろうなぁって思ったから。

単に"金持ち相手に苦労するであろう奨学生"を、気遣っ
てるって感じじゃないんだよね。

"龍ヶ崎家"って言った時に、何か棘があったし。

だから、龍ヶ崎ん家って多分。

普通の金持ちではないんだろうなぁって、予想はつくよね。

「君と同室の龍ヶ崎ノエル君は――…龍ヶ崎組三代目組長
のご長男だよ」

龍ヶ崎組三代目組長の、ごちょーなん。

ってつまり正真正銘実家がヤーさん家業の、その組のドン
の息子ってわけで…。

うん、何て言うか。

まんまじゃん。

何かすげぇもったいぶった間で言うから、どんな意外な言

66

葉が飛び出すのかと思ったら。

ど真ん中、ドストレート来ちゃったよ。

意外性のいの字もない王子の言葉に、ちょっと拍子抜け。

あんな恐い顔して実は実家がお花屋さんとか、ギャップのある答え期待してたのに。

いや、お花屋さんだとちょっと庶民的か。

そうだな…ファンシーなキャラクターグッズを販売する会社の社長令息、とか？

龍ヶ崎が可愛らしいクマのぬいぐるみを抱いてる姿を想像するも、すぐに打ち消す。

い、いやまぁいいんじゃねぇの。

人の趣味は人それぞれだし、うん。

一瞬だけ頭に浮かんだ想像上の龍ヶ崎に思わずフォローを入れつつ、ふとプリンス桐原を見れば何とも気の毒そうな顔を"作って"いるのに気がついて…

「ごめんね、怖がらせるつもりはなかったんだけど。でもいずれ黒崎君も知るところになるだろうし、何かあってからでは遅いと思って」

龍ヶ崎君も悪い人ではないんだけどね、少し暴力的で…と続ける桐原先輩。

どうやら俺が黙っちゃったせいで、恐怖で声も出せないって捉えられたみたい。

心配そうな顔をしつつ、俺がどう反応するか面白そうに観察しているプリンス桐原。

第1章　スズランの館　　67

一体全体、俺に何を期待してんのかは知らねぇけど。

とりあえず…

「ご忠告ありがとうございマス、でも俺のことなら心配して
もらわなくても大丈夫ッスから」

うん、大丈夫。

王子に心配してもらうほど、ヤワじゃないから。

それに龍ヶ崎も、強面な外見ほど凶悪な奴でもなさそうだ
しね。

俺の言葉にプリンス桐原は"本当に"意外そうに目を見開
いたあと、またすぐ元の顔に戻って伏し目がちに俺に問い
かけてきた。

「…黒崎君は、もう龍ヶ崎君とは顔を合わせたのかな？」

「はい昨日、挨拶程度ッスけど」

うん、嘘は言ってないよ。

龍ヶ崎にとってあの壁ベッコリ事件は、挨拶程度のもんだ
と思うからね。

けどこれ以上語る気はないぜ。

何か美味そうなもん持ってねぇかジッとこっちを観察して
くるプリンスに、自分から餌あげるような真似したくない
からさ。

つか俺、そろそろこのエセプリンスにイライラしてきたか
も。

何が面白いのか知んねぇけど、他人に探るように見られん
のってあんまいい気がしないし。

頭の中じゃ相変わらずエセプリンスに対して、危険危険！って警報鳴ってっし。

ただ一応コンビニで助けてもらっちゃったわけだしさ、なかば強引とはいえ荷物運ぶの手伝ってもらっちゃったわけだしさ。

律儀に対応してたんだけど、それもそろそろ限界。

さっさと話切り上げねぇとなぁ。

「今まで龍ヶ崎君と同室になった子は何人もいたんだけど、みんな部屋を代わるか学園を辞めるかのどちらかで生徒会としても困ってたんだ。でも黒崎君なら彼とも仲良くできそうだね、安心したよ」

今の短い会話の、ただ挨拶を済ませたっつっただけの俺の言葉のどこをどう捉えたら仲良くできそうっつー結論に辿り着いたのか。

その具体的な理由は言わないプリンスに口角がヒクリと震える。

おいおい、言ってる内容ほぼ脅しになってんぜ。

キリハラ様、だんだん粗が目立ってきてますよ。

…でも、ま。

「はい、大丈夫ッス。龍ヶ崎も見た目ほどとっつきにくい感じじゃなさそうだし、話せばわかる奴だと思うんで」

あくまで見た目ほど、ね。

話せばわかるも何もつい昨日ガンガンに説教して拳骨食らわせて無理矢理わからせた俺が言うのもなんだけど、ね。

第1章 スズランの館　69

それはお口チャックの方向で。
そんな俺の反応にプリンスは何かを思案するように眼鏡の
奥でジッと俺を見つめたあと、最後にフッと小さな笑みを
口元に浮かべ…
「…黒崎君はとても、良い子なんだね」
優しい口調で語りかけた、プリンス桐原の。
その眼鏡の奥にある、髪と同じ色の瞳に浮かんでいたのは。
少しの、落胆と。
明らかな、蔑みと冷笑だった——…

「…キリハラ様は、俺に何をそんなに期待してたのかね」
あれからすぐ、それじゃあまたねと言って何事もなかった
かのように去っていったエセプリンス。
なんか精神的に疲れたや。
よく言えば好奇心旺盛、悪く言えば愉快犯。
相手を観察して自分を愉しませる"何か"がないか、探って
煽るのが趣味の奴。
俺自身、言いたいことあんならハッキリ言えよっつー腹の
探り合いとかが苦手な性格なんで。
相性悪いんだよな、ああいう腹に一物抱えたタイプとは。
ホント…
『私は、最初から全て見ていたのですよ？』
だったらもっと早くに助けろって話だよね。
あータチの悪ぃエセプリンスだったなぁと、プリンス桐原

の知らないところで俺がそんな感想を抱いていた一方で…
「──…彼のお綺麗な献身がどこまで通じるか、お手並み
拝見…だな」
なんていう嘲笑交じりのプリンスの呟きは、幸か不幸か俺
の耳に届くことはなかった。

♛ ノエルside

目が覚めた時に、最初に視界に入ったのは。
モッサリとした、真っ黒な謎の物体だった。

――…黒い、藻？
覚醒したばかりでまだよく頭が回らねぇ中、何気なくそれに手を伸ばす。
指に絡めれば思いの外触り心地がよく、俺はボーっとした意識の中でそれを弄り続けた。
「んぅ…？　んー…」
しかし黒い毛の塊がもぞもぞと動き出したところで、俺は手を止めた。
そこでようやくこの黒い毛の正体が、昨日やって来たあのオタクの頭だということに気づいたからだ。
手をバッと引っ込めたところでオタクがむくりと頭を上げた。どうやらベッドの横で床に座ったままの状態で寝ていたらしい。
ゆらゆら左右に揺れる黒い藻。
だがその前髪の間からチラッと覗いた顔は、意外にも整っていることに気がついた。
女に騒がれそうな部類の面だが、今はうつらうつらとしていて少し幼く感じる。

——パチリ…

「…！」

その時、寝ぼけ眼状態のオタクと目が合った。

お互い見つめ合ったまま、沈黙が続く。

オタクはどこか不思議そうに俺を見つめていたが、ふと口
元を綻ばせると…

「あー…、はよぉノエルー…」

「あ？」

俺を見て、へらぁっと笑ったと思った…次の瞬間。

——ちゅっ…

柔らかい感触が、俺の左頬を襲った。

突然のことに目を見開き、今度は俺が口を開けたまま呆気
に取られる中。

そんな俺など気にも止めずにそいつはなぜか俺の首下に両
手を当てると、1人うんうんと頷き始めて…

「あー…よかったぁ、昨日に比べたら下がってんなー…」

よかったぁよかったぁ、と。

舌っ足らずな口調で独り言を繰り返すと、そのまま俺の頭
をまるでガキにするみてぇにポンポンと撫でた。

…あとあと知ったが、首に手を当てるのは赤ん坊の体温を
測る時に使われる方法だということ。

そうしてオタクは背伸びをしながら大きなアクビを零すと、
何事もなかったかのように立ち上がり覚束ない足取りで部
屋を出て行ってしまったのだった。

第1章　スズランの館　　73

──…何だ、今の。

そろそろと、俺は自分の左頬に触れた。

16年以上生きてきた中で、それなりに場数は踏んできている。

だが頬に…しかも男にあんなことをされんのは、生まれて初めてのことだった。

それに…何とも気の抜けた笑顔だったが、昨日から一緒にいてあの野郎が笑ったところを見るのも…初めてだった。

…別に、だからどうってこともねぇ。

ただ俺が知ってんのは、あれとは真逆の…

『言いたいことはそれだけか？』

──ゴンッッ!!!

「……、」

思わず片手で頭を覆う。

昨日のそこは少し腫れてはいるが、俺にとっては痛みよりも衝撃の方が大きかった。

ガキにするみてぇに拳骨を落とされるなんざ、これまた俺にとっちゃ初めてのことだった。

…一体何なんだ、アイツは。

突然現れて、俺の生活にズカズカと入り込んできた異質な存在。

それに言いようのない…今まで感じたことのない違和感のようなものを覚えるも、不思議と頭はスッキリしていた。

脳天のタンコブはズキズキと痛むし身体もまだ熱っぽいが、

それ以上に脳内を掻き回していた"声"は鳴りを潜めていた。

静寂に満ちた部屋に一人、自ずと俺の頭に思い出されるのは昨晩のテメェの失態の数々。

舌打ちを一つ零しながら思う、昨日の俺はどうかしてたと。

朝から具合が悪かった上に、ほとんど一人で過ごしていた部屋に現れた新たな同室者。

オタクのような外見から中身も気弱な性格の野郎だろうと、早合点した。

多少大袈裟でも最初のうちにガツンと脅しときゃ、もうあのオタクが俺に近づくことはねぇだろうと高を括った。

だが…反則だろ、ありゃ。

モッサリとした前髪に俺に比べりゃ遥かに体格の劣る身体、ただのオタクにしか見えねぇのに外見を裏切る脇腹への一撃。

あれだけで喧嘩慣れしてやがるのがわかるし、俺のこの顔を見ても物怖じ一つしやしねぇ。

その上、喧嘩を売られた相手の看病までしたと思ったら、その病人相手に拳骨かまして説教する始末。

あんなわけわかんねぇもん相手に熱出た頭でどう応戦しろってんだ、反則だろ。

「……」

再び無意識に、左頬を指先でなぞる。

男にされたからといって、不思議と嫌悪感の類いは湧いて

第1章　スズランの館　　75

こなかった。

というより突然のことすぎて、単に今は驚きが勝っている
だけなのかもしんねぇが。

…かと言ってまたアレを食らうなんざ、二度とごめんだ。

アイツの育った環境とやらじゃアレは"当たり前"のこと
なのかもしれねぇが。

いわゆる目覚めの挨拶程度のことなのかもしれねぇが。

これから目え覚ますたびにアレを食らうなんざごめん被る、
俺にんな趣味はねぇ。

アイツにはあとで、釘をぶっ刺しておく必要がある。

……まぁ、笑った顔は意外と。

悪くは、なかっ…た……

「──…っ!?」

だから俺にんな趣味はねぇ!!!

昨日とは別の意味でまた混乱してきた俺は、頭の中で自分
に怒号を飛ばすと強制的に思考を停止した。

ベッドに横たわりながら目を閉じ、視界を暗闇で包み込む。

『お前にとってイレギュラーな状態の今くらい、俺の"当
たり前"に目え瞑っても死にはしねぇんじゃねぇの?』

今だけ、そう…今だけだ。

無数の"声"は鳴りを潜め、頭痛も治まったもののいまだ
に熱っぽく怠い身体。

ここはどうやらあのオタクの部屋のようだが、身体に力が
入らねぇ以上今この場所から這い出ることは難しい。

また少し寝たあとで、どうするか考えりゃいい。

同室者だっつーあの変人オタクのことも、今は後回しだ。

受け入れるわけじゃねぇ。

ただ…目を瞑るだけだ。

『今は何も考えないでもう寝な、俺はずっとここにいるからさ』

「——…、」

耳に響く、優しい声。

その幻聴に促されるように、俺は再び深い眠りに就いたのだった…。

変化

朝食にしては遅い、昼飯には少し早い時間帯。

リビングのテーブルにはズラリと、腕を振るった俺の手料理が並んでいた。

お腹ぺっこぺこだった俺には白飯に味噌汁、肉野菜炒めと簡単な煮物に酢の物などなど。

まだ発熱中の大型獣には、栄養満点で消化のいい中華粥を。

「食べれそうだったら、俺のも摘まんで食っていいからな」

特に酢の物とかジャコとか、身体にいいし。

作りすぎた分はタッパーに入れて冷蔵庫へ、それは今晩の食卓に並ぶことになるだろう。

そうしてリビングのソファーに座り、いっただきまーすと食べ始めたのはよかったんだけど…

「……」

「…なぁ龍ヶ崎、俺に何か話でもあんの？」

テーブルを挟んで向かいから何か言いたげにじっと見つめ…いや、睨んでくる龍ヶ崎に俺はちょい困ってます。

キッチンでの調理中から現在に至るまで、ぶっすぷすと突き刺さってきた大型獣からの眼差し。

俺の身体中、龍ヶ崎の視線で穴だらけでちょう痛ぇんだけど。

早く食わねぇと中華粥冷めちまうぜー。

「……どういうつもりでテメェがあんなことしたかは、知らねぇが」

お、やっと口開いたよ。

朝から全然喋んなくて、心配してたんだ。

よかったよかった。

前置きをして話し始めた龍ヶ崎に、もぐもぐと肉野菜炒めを頬張りながら俺は黙ってその続きに耳を傾ける。

すると龍ヶ崎は一瞬グッと口を結んだあと、眉間にこれでもかってぐらい皺を寄せると本物のヤーさんも顔負けなドスを利かせた声で言葉を続けたのでした。

「俺にんな趣味はねぇ、朝っぱらから二度とあんなふざけた真似するんじゃねぇぞ」

「…？」

どういうつもりで…？　俺が…？

朝っぱら…？　ふざけた真似…？

「ごめん、俺何かしたっけ？　寝起きでぼんやりしてたから、朝のことあんま覚えてねぇんだよね」

何だかんだで一晩中龍ヶ崎の横について看病してたから、あんま寝てなくってさ。

明け方に少しうとうとしてベッドの横で寝落ちしちまってから、シャワー浴びてシャキッとするまでの記憶がなくて。

寝ぼけて何か変なことしちまったのかな俺。

首を傾げながらそう聞いた俺に対して、龍ヶ崎はポカンと口を開けたあと。

第1章　スズランの館　　79

ガックリと肩を落とし、俺が声をかけてもしばらく応えよ
うとしなかった。
――…覚えてねぇのかよっ！
なんて龍ヶ崎が心ん中で叫んでたのを、俺は知らない。

第2章　撫子とフラミンゴ

きれいな色、いい匂い
ほしいなほしいな
ほしいなアノ子
他の誰にも
とられたく、ないな

ピンチは続く!

「えーっと、制服制服っと」

入学式当日の朝。

広いバルコニーでの朝稽古のあと、汗をシャワーで流して
サッパリした俺。

風邪が治ったヤクザとリビングで朝飯食ったあと、自室に
戻って意気揚々と式に行く準備をしておりました。

ここ鈴蘭学園は他の高校より春休みが長いらしく、必然的
に入学式や始業式も4月の中頃に。

ちなみにモッサリとした前髪は、昨日やっと発見したお気
に入りのピンで留めてまっす。

制服は俺が入寮するより先に、ここのクローゼットの中に
上品な箱と薄い和紙に包まれて届けられていた。

学園のパンフレットで見た女子の制服は、確か白いブラウ
スに赤いノンスリーブのワンピースを合わせたものだった
よな。

首元に赤の細いリボンが付いててシンプルだけど可愛らし
い感じが伝わってくる。

上に羽織るブレザーは深い紺の、ボレロタイプ。

ボレロの胸元には鈴蘭学園の校章が刺繍されていて、丈は
胸下くらいで短めになってんの。

センスよかったよなぁここの制服、…似合うかなぁ俺。

スカートなんてホント久しぶり、いつ以来だろ？

「っと、あんまゆっくりしてらんねぇんだった」

新入生は20分前に入場しとかないといけないんだよね。

普通会場に行く前に教室に一旦生徒を集めたりすると思う
んだけど、生徒の自主性を育む為とかで自分達で時間見て
直接会場に行かなきゃいけないの。

初日から遅刻して悪目立ちしたくないからね、急がなきゃ。

俺はいそいそと制服を包んでいる和紙を剥ぐと、真っ白な
ブラウスに袖を通したのでした。

「…あれ？」

違和感に気づいたのは、割とすぐ。

ブラウス着用後、次に入ってた制服を手に取って広げてみ
る。

ジッと、目の前のそれを凝視。

そして、一言。

「…ズボン、だよなコレ」

箱の中に鎮座していたのは、何と鈴蘭男子生徒の制服だっ
たのでした——…。

まさかの紺色ズボンさん登場を前に、しばし呆然とフリー
ズしていた俺。

そして入学式まで残り1時間を切った今現在、俺が頼った
のは…

——コンコン

第2章　撫子とフラミンゴ　　83

「おーい龍ヶ崎、ちょっと聞きてぇことあんだけどさー」

隣のお部屋の龍ヶ崎君でした。

けれどさっきからいくらノックを繰り返そうとも、目の前の扉はうんともすんとも言ってくれなくて。

にゃろ、シカトかよ。

ちょっとくれぇ顔覗かせてくれてもいいじゃんか。

明らかな居留守を使う扉の向こうの同室者にムッと口を尖らす。

まぁ初日から、俺とは関わり合いになりたくないような感じ出してたんで。

見るからに一匹狼っぽいんで、砕けて言うと人見知りっぽいんで。

俺もこんなグイグイと距離感考えねぇような行動に出たくはなかったんだけど今ちょーピンチなの、ぴ・ん・ち。

──…仕方ねぇ、こうなったらアレしかねぇな。

こほんと軽く咳を一つして、声の調子を整えて。

よしっ、せーの…せい！

「ノー！　エー！　ルー！　ちゃ」

──バンッ!!

「…ん」

勢いよく開いた扉。

佇むのは、お顔に般若を憑依させた大型獣。

ゴゴゴ…っていう効果音が聞こえそうな殺気を放ち、俺よりでけぇのに下から睨み付けるっつー器用な技を使うその

男。

「テメェ殺されてぇのか、このエセオタク野郎が…！」

よし。

開けごまに続くオープンザドアの呪文〝ノエルちゃん〟、
成功です。

「……あ？　制服？」

「そ、借りられるようなとこどっか知らね？」

ご立腹の大型獣を何とかなだめて、やっと俺は本題を切り
出した。

何でそんな質問をするのかわからない様子で、何とも怪訝
そうな顔をしてる大型獣。

っていうのも…

「…借りるも何も、もう着てんじゃねぇかテメェ」

「…うん、まぁそうなんだけどさ」

龍ヶ崎の前には、鈴蘭男子生徒の制服に身を包んだ俺が
たりします。

いや思わず着ちゃったよね。

いつまでもブラウス1枚、パンツ一丁生足姿でいるわけに
もいかず思わずズボン穿いちゃったよね。

つーのも、もしかしたら女子の制服はワンピースかズボン
か選べるようになってんじゃないかって思ってさ。

まぁ念の為に事前に貰ってた学園のパンフ確認したら、
やっぱりガールズ制服はワンピースのみだったんだけど。

女子の制服の予備がどこにもなかった場合、最悪このまま

第2章　撫子とフラミンゴ　　85

で式には出るしかねぇなって思ってはいるんだけど…

「な、知ってたら教えてくんね？」

ありますようにーって願いを込めて、両手を合わせながら龍ヶ崎をジーっと見つめる。

俺の熱ーい視線に龍ヶ崎は居心地悪そうに舌打ちを一つ零すと、ボソリと小さく言葉を紡いだのでした。

「……半田なら知ってんだろ」

半田って…まさやん？

龍ヶ崎の言葉に頭に浮かんだのは、入寮初日に出会った男前な金髪寮長で。

あ、そっか。まさやん、寮長だもんな。

寮の備品とか管理してんなら、予備の制服の保管場所とかも知ってっかもしんねぇよな。そっかそっか。

「さんきゅー龍ヶ崎、助かった。俺、半田先輩に聞いてみるよ」

早速助言に従い、まさやんの城である寮長室へ向かおうとした。

何てったって時間がない。急がなきゃ急がなきゃと。

そう自分を急かしたとこで俺はふとあることに気づき、まだ扉んとこにいた大型獣を振り返ったのだった。

「龍ヶ崎は出ねぇの？　入学式」

「、……テメェには関係ねぇだろうが」

朝からずっと部屋着で、制服に着替える様子のない大型獣。

まだ病み上がりだし行かねぇんだろうなぁってのは雰囲気

でわかったけどさ、一応声をかけてみた。

うん、案の定の返しでしたね。

俺に干渉すんじゃねぇってって感じで、思いっ切り嫌そうな顔されましたね。

なかなか警戒心が弱まらねぇなぁ。

初日に比べたらマシだけどピリピリ感が消えねぇなぁ。

でもまぁ…

「そっか、じゃあ俺行ってくんな。風邪ぶり返さないように、大人しくしとけよー」

心をガッチガチに完全武装して籠城してる奴に、正面からこれ以上グイグイ攻めても逆効果だし。

制服の件もアドバイス貰えたし、お礼にまたあとで何か作るとして。ここは一旦引きましょう。

病み上がりの大型獣を部屋に残し、改めてまさやんの寮長室へとれっつらごーしようとした…その時。

俺は制服確保と同じくらい、重大な問題がもう一つあることに気がついたのでした。

やっべ!

「──っ、龍ヶ崎ぃ！」

「っ!?」

ガバッ!と龍ヶ崎に向き直ると、扉を閉じようとしてた大型獣の手をガシィッ!と掴んだ。

龍ヶ崎は俺がそのまま行っちゃうと思って油断してたらしく、俺のいきなりの行動にびっくりして肩をビクッ！と震

第2章　撫子とフラミンゴ　　87

わせていた。

「っんだよ！」

「龍ヶ崎が一緒に入学式行ってくれっと、俺ちょー嬉しいんだけど！」

「はあ!?」

さっきとは真逆のことを言う俺に、怪訝そうな顔をする龍ヶ崎。

警戒心の強い大型獣を前にここは一旦退散しようと思ってただけに、これから言うことにちとばかし気が引ける。

でもさでもさ…

「俺、入学式の会場がどこにあんのか知らねぇんだよね」

「……」

目的地わかんねぇのにこのまま外出たら、迷子確定だよ。

へるぷみぃー！

―――……

「マジであんがと龍ヶ崎、俺あのまま行ってたら確実に遭難してたよ」

「……」

あのあと何とかりゅーがさき君を説得して、一緒に会場まで行ってもらえることになった俺。

ただ今、誰もいないスズラン館のなっがい廊下を2人でとことこ歩いております。

寮から出ていく奴等に適当について行けば会場に辿り着く

だろうって計算してた俺だったんだけど、ハプニング制服
で時間ロスしちゃったから寮の廊下に出てみたら案の定誰
もいねぇの。

いやー、また部屋に閉じ籠って男版アマテラスになるとこ
だった龍ヶ崎を寸前で捕まえといてよかったよかった。

自分の咄嗟の判断に拍手です。

『…これで貸し借りなしだぞ』

俺の懇願に渋い顔をしながらも、そう言って一旦自室に
戻ってった龍ヶ崎。

俺はちょい固まったあと、その意味するところがわかって
思わず「ありがとうノエルちゃん！」って叫んじゃったよ
ね。

もち怒られたけど。

やっぱ任侠の人間は義理堅いね、うんうん。

「まさやんいるかなー、いるといいなー」

「……」

隣を歩く龍ヶ崎は終始無言。

たださっきまでの部屋着じゃなくて、俺と同じ鈴蘭男子学
生の制服を着用。

ノンネクタイでシャツを第2ボタンまで開けてる。

ブレザーもボタン留めずに軽く羽織って歩く姿はまさに…

「…ヤーさん」

「あぁ？」

おっと、口が滑った。

第2章　撫子とフラミンゴ　89

こういうのにはいち早く反応すんのな、龍ヶ崎って。

無視された時に有効な手段として覚えとこっと。

そうして誰もいない静かな廊下を通って、太陽寮寮長室前までやって来たわけなんだけど…

——コンコン

「…まーさやーん、いねぇのー？」

ずっとノックしてんのにさっきの龍ヶ崎と同じく、うんともすんとも言わない太陽寮寮長室のドアを前に俺は困り顔になっておりました。

けどまさやんの場合、居留守だとは限らなくて。

それはここに来るまでの道中ずっと気がかりだったこと、他の皆同様、まさやんもとっくに入学式の会場に入っちまってんじゃないかってことで。

不安的中しちまったかな、やっぱこのままで行くしかねぇかなー…。

俺はちょっと離れたとこで、壁に背を預けて立ってる龍ヶ崎へチラッと目を向けた。

すると俺の不安げな視線に気がついた大型獣はちょい眉間に皺を寄せたあと、面倒臭そうにボソリと一言。

「………いる」

…うん、その根拠がどこにあんのか教えてほしかったんだけどね。

けど今はノエルちゃんの言葉を信じるしかないんで、もうちっと粘ってみるかな。

90

つーわけで、わんもあ。

せぇのっ！

──ドンドンドンっ！

「まーさーやーん、あーけー…」

「──っるせぇクソ餓鬼ぃ!!!」

バアァァァンッ！と激しい音と共に勢いよく開けられた扉を見るのは、本日二度目の出来事でした。

ついさっきは、お顔に般若を憑依させた魔獣が降臨したわけだけど。

たった今、怒号と共に俺の目の前に現れたのは。

トレードマークの金髪を振り乱して、超絶不機嫌そうな顔をした太陽寮寮長の…まさやんで。

「ま、まさやん？」

俺の中のまさやんのイメージは、笑い上戸な男前兄貴。

そんな笑顔のまさやんの印象が強過ぎて、目の前にいる不機嫌なパッキン不良と一致しなくて。

ただただ目を白黒させながらその顔を見つめていれば、そこでようやくまさやんらしき人物と目が合って…

「あ？　誰だお前？」

「…え、」

その口から発せられた言葉に、俺はガーン！とショックを受けた。

え、うそ。俺、忘れられてる？

一昨日会ったばかりなのに。

第2章　撫子とフラミンゴ　　91

バイクの後ろにも乗っけてくれたのに。

いつでも遊びに来いって言ってくれたのに。

俺、まさやんの記憶に残ってない感じ？

ガーンガーン、と。

ショックのあまり俺が固まっていれば、不機嫌そうだった
パツキン不良はふと口元に笑みを浮かべて…

「へぇ、なかなかイイ面してんじゃねぇか」

「へ？…っおわ！」

気づいた時にはグイッと腰を抱き寄せられ、なぜか俺はま
さやんの腕の中にいた。

…え？　え？

「抱き心地もいいなお前、男でもこれなら一度試してみん
のもアリかもしんねぇなぁ。…どうする？　このまま奥の
部屋に行くか？」

「っ…！」

そう言ってフェロモン全開の、甘くて男臭い笑みを俺に向
けてきたパツキン不良。

それを間近で目撃してしまった俺は、自分の顔がブワッと
熱くなるのがわかった。

たっ試してみるって何をさ!?と、頭ん中で悲鳴を上げつつ
突然の事態にあたふたしていれば。

まさやんの顔がゆっくりと、近づいてくるのに気がつい…
て!?

「ちょっ！　ヘッヘルプ龍ヶ崎！」

予期せぬ窮地に陥ってパニックになった俺が助けを求めたのは、その一部始終を目撃していた大型獣。

けど龍ヶ崎は壁に寄りかかったまま、一歩も動こうとしない。

ちょ、ちょ！　マジでコレどうすれば!?

「っノエルちゃんの薄情者！」

腰のホールドが強すぎて身動きが取れねぇ中、上半身を仰け反らせまさやんの顔から距離を取る。

助けてくんねぇなら何度でも呼ぶかんな！

ノエルちゃんノエルちゃんノエルちゃんノエルちゃん！

するとようやく俺の言葉に反応した龍ヶ崎はジッとまさやんに目を向けたあと、おもむろに口を開いて…

「…寝ぼけてんだろ、その野郎」

「……え、」

は？　ねぼけ？

まっまさか、一昨日の男前兄貴とは全くの別人になってんのも。

今こうしてフェロモン垂れ流しの甘い笑みを浮かべて、俺に顔近づけてきてんのも。

これ全部、寝ぼけてる…せい？

──なっ、何てはた迷惑な寝起きフェロモンさん！

えってか、そうなると逆にどうすりゃいいの!?

寝ぼけてる人の対処法って、どうすりゃいいの!?

俺がそう言えば龍ヶ崎は一瞬なぜか複雑そうに顔をしかめ

第2章　撫子とフラミンゴ　93

たあと、心底面倒臭そうにため息一つ。

「…一発入れりゃ、目ぇ覚めんだろ」

その言葉に、俺は。

そりゃもう、反射的に。

唯一動かせる上半身を、それまで以上に思いっ切り仰け反らせると。

パツキン寮長の顔めがけ、勢いよく…

——ガンッ!!

「——っ!? ってぇ!!」

渾身の頭突きを一発、ぶち込んだのだった。

「——…本っ当に悪かった」

そう言って頭を下げてきたのは、あのあとようやく正気に戻ったパツキン寮長まさやんでした。

寮長室のソファーに向かい合って座り、俺に謝罪するまさやん。

その顎には痛々しくも、湿布がペタリと貼ってある。

「俺の方こそゴメン、それ」

「いや、あの場合仕方ねぇよ。俺も普段はあそこまで酷くねぇんだが、昨日徹夜しちまったもんでな」

頭を掻きながら苦笑するまさやん曰く、何でも朝起きてから本当に覚醒するまで時間がかかる体質らしく、寝起きでボケッとしてる間は、色々と自制が利かなくなっちゃうらしい。

あー、びっくりした。

「俺、まさやんに忘れられたのかと思ってすげぇショックだった」

「悪い悪い。初日に見たあの前髪が強烈過ぎて、お前だって気づかなかったんだよ」

うん、それがわかってよかったです。

俺も俺で落ち度ありだし。

モッサリ前髪をヘアピンで留めて、視界がクリアになったことにひゃっほい！って喜んでばかりだったから。

まさやんと初対面の時にモッサリ前髪状態だったってこと、頭からスッカリ抜けてたや。

あん時は顔半分が隠れてたんだもん、まるっと素顔さらしたこの状態の俺が俺だってわかんねぇよな普通。

「つーかクロ、お前隠れイケメンだったんだな」

俺の顔をマジマジと見てくるまさやん。

まさやんの言う通り俺の顔は…自分で言うのもなんだけど、まさやんとはまた別タイプの"男前"な顔立ちで。

うん、別に隠してたわけじゃなかったんだけどね。

ただこれでも一応女なもんで。

自分の顔が女の子受けするってのは知ってるけど。

イケメンって褒められてもあんま嬉しくはない、かな。

なのでまさやんの言葉にも、苦笑を一つ返すだけに留めておく。

俺としてはまさやんの方が断然イケメンだと思うよ、うん。

第2章　撫子とフラミンゴ　　95

「ところでさ、俺頼みがあって来…」
「ブッ…！」
本題を切り出そうとした俺を遮ったのは、まさやんの噴き
出し笑い。
その目線は真っ直ぐ俺の額へ向けられていた。
そう、俺の額。
そこにはまさやんの顎同様、湿布がペタリと貼ってある。
頭突きの欠点は同じ衝撃が自分にも返ってくるってことだ
よね。
「…まさやん」
「っ、悪ぃ。つ、つい…ぶはっ！」
俺のじっとりとした抗議の視線に謝りながらも、また噴き
出すまさやん。
自分でもわかってるし、おデコに湿布とか事情知らねぇ奴
が見たら"どうしたらそんな怪我するんだよ！"って総
ツッコミされるってことくらい。
けどこうなった原因はまさやんにあるんだかんね、ふーん
だ。
「で、こんな時間にどうしたんだ？　もう入学式始まる頃
だろ」
笑いが収まったまさやんが、話の流れを戻してくれた。
ちなみにずっと無言ですがヤーさん顔な大型獣も一緒に室
内にいます、出入り口の扉のすぐ横の壁に立ったまま寄り
かかってます。

「あのさ、女子の制服借りれる場所とか知らねぇかな？」

「女子の制服ぅ？　んなもん何に使うんだ？」

「や、自分用に欲しくてさ」

俺がそう言えば、なぜかまさやんと龍ヶ崎から物凄いもの
を見る目を向けられた。

そんな2人の反応にキョトンと目を瞬かせる。

え、俺何か変なこと言ったかな…？

「あー…なんだ、困ったことがありゃ言えっつったのは俺
だし初めての寮生活で色々溜まんのもわかるけどよ。…あ
あそうだ」

ガシガシと後ろ頭を掻きながら少し困ったように苦笑を浮
かべていた男前寮長はおもむろに立ち上がると、ゴソゴソ
とデスクの引き出しの奥の方を探り始めた。

そして…

「…これで我慢しとけ」

「へ？　これって…」

ポンッと俺に手渡して来たもの、それは女性アイドルが女
子高校生の制服を着てコスプレしてる…グラビア雑誌で。

──あっこれ全然伝わってない。

間抜けな俺はそこでようやく、まさやんが大きな誤解をし
たままであることに気づいたのだった。

そりゃそうだ、何で気づかなかったんだろ俺。

まさやんはホントは男子寮の寮長で、俺を何の違和感もな
く入寮させたってことは。

第2章　撫子とフラミンゴ　　97

俺のこと、男の子って勘違いしてるってことだよな。

しかも今着てんの男子の制服だし、あちゃーうっかりしてたや。

「いや、あの、俺こう見えてその…女でさ」

「あ？」

言い出しづらかったけど、思い切って打ち明けてみる。

そんな俺の告白にしばし怪訝そうな顔をしていたまさやんだったけれど、ああと何かを納得すると今度は俺になぜか生暖かい目を向けてきて…

「…特別だぞ」

そう言って再びデスクの引き出しの奥の方をゴソゴソ。

そしてまさやんが俺に手渡してきたのは、肌色過多な表紙の…いわゆるエロ雑誌で。

女であることをストレートに告白したら、どうやら遠回しにエロ本を要求したと思われたようです。

龍ヶ崎も龍ヶ崎で、ああ何だそういうことかと呆れたような目を俺に向けてきていた。

え、これって俺が悪い…のか？

男版アマテラスを引きずり出してお寝ぼけフェロモンマンを覚醒させて、おデコに湿布を貼ってまでして何とか手に入れたのは…グラビア雑誌とエロ雑誌の2冊。

え、これって俺のせい…なのか？

「…えっと、ありがとまさやん」

「おう、気にすんな」

内心哀愁を漂わせながらも、ひとまずお礼。

そんな俺に何とも男前な笑顔を向けてくるまさやんを見てしまえば、これ以上は言いにくくて。

あー…もういっかな、このままで。

2人きりならまだしも龍ヶ崎もいる前で、秘蔵のエロ本を渡した相手が女だって知ったらまさやん羞恥で死んじゃうかもしんない。

いずれわかることだけど少し時間置いた方がいいよな、うん。

──…それに入学式のあとに"しのちゃん"と会う約束してるし、それまでの辛抱だもんな…。

しのちゃん──それは三鷹さんと同じく、俺がガキの頃からよく構ってもらっていた人物。

あとでしのちゃんに事情を説明して新しい制服を手配してもらえばいいよな、もちろん女子生徒の。

学校始まんの明日からだし、1日くらいこれでいてもいっかな。

ポジティブ上等。

こういうのは切り替えが大事。

前向きに前向きに。

つーわけで、このまま入学式に出ちゃおうと思います。

「あ、ちょっと待てクロ。この前お前に一つ言い忘れてたことがあったんだった」

「んぅ？」

第2章　撫子とフラミンゴ　　99

そうして龍ヶ崎と一緒に寮長室をあとにしようとしたんだ
けど、その寸前でまさやんに呼び止められちゃいました。
言い忘れてた、こと？
「いいかよく聞け、【鈴蘭】じゃ家柄、実力、容姿の三つが
最重要視される。それら全てを完璧に備えてるのが"鈴蘭
生徒会執行部"の連中だ」
まさやんが言うには、何でもその生徒会の人間は鈴蘭生に
とって憧れの的なんだそうで。
トップクラスの家柄、才気溢れる頭脳、そして誰もが見惚
れる容姿の持ち主ばかり。
「…つまり、ちょーキンキラキンなエリート集団ってこ
と？」
「飛び抜けてツートップはな」
ツートップってのは、生徒会長と副会長の２人って意味で。
普通生徒会って"生徒の力でもっと学校を過ごしやすくし
ましょう！"的な意気込みの奴がやるんじゃねぇの？
何その聞いただけで目がチカチカしちゃうような、エリー
ト＆セレブ集団って。
…やっぱ金持ち校って、普通の高校と違って特殊なのな。
「問題はそれだけじゃねぇ、アイツ等に集まってくる"周
り"が厄介なんだ」
まさやん曰く、生徒会ツートップはその絶対的なカリスマ
性はもちろん家柄に惹かれて寄ってくる"取り巻き"がす
げぇ多いんだって。

表面上はにこやからしいけど、裏じゃ周りを蹴落としてで
も生徒会の"家"に取り入ろうとする人間の集まり。

その中でも派閥ができてるらしくて、かなりドロッドロし
てるらしい。

ふーん、つまり。

故意でも事故でもその生徒会のツートップに接触でもしよ
うもんなら…

「"庶民の奨学生ごときが自分達の王様に近づくなんて許せ
ない！"ってな感じで、俺イジメられちゃうかもしんな
いってこと？」

「…ま、そんなとこだ。ちなみにツートップは本人の性格
も厄介でねじ曲がってっからな、関わらねぇよう用心しろ
クロ」

うん、そっか。わかった。

俺もそんなお金持ちのドロドロしたご機嫌取り競争なんか
に参加したくないし。

降りかかる火の粉は払う派だけどどうせなら降りかかる前
に避けたいからね。

ただ…ちょーっと遅かったかなぁ、なんて。

「あー…副会長ってのには、昨日コンビニで会っちまった
んだけど」

「！　おっま、もう桐原に出くわしちまったのか!?」

「うん、何か…助けてもらった？」

語尾が疑問形になってしまったのは、致し方ないことだと

第2章　撫子とフラミンゴ　101

思う。

「アレはダメだアレにはマジで関わんねぇ方がいい、アレに興味持たれたら漏れなくアレの目にも止まる。…お前、目ぇつけられてねぇだろうな?」

「う、うん。多分大丈夫だと思う、簡単な質問されただけだし」

独り言のようにアレアレ言いながら、俺の目をジッと見据えてきたまさやん。

その勢いに少しタジタジしながらも、昨日のやり取りを思い出す。

いやもう何ともイイ性格のエセプリンス様でした。

まさやんがアレアレ言う気持ちもわかります、アレは。

けど早々に会話を切り上げるよう頑張ったし、色々質問されたけど当たり障りのない返しをしたつもりだし。

ああ、でも…

「龍ヶ崎ん家がヤーさん家業してるって、すんげー親切に教えてくれた」

俺としちゃ、エセプリンスの性格の悪さを表す一例として、関わらない方がいいって言ったまさやんに、同調するつもりで。

すんげー親切にって、ため息交じりに強調して言ったわけなんだけど。

それに反応したのは、この部屋に入ってからずっと無言だった大型獣の方でした。

「…テメェ、"龍ヶ崎"がどういう家か知ってやがったの
か」
「え、うん。だから昨日」
眉間に皺を寄せながらどこか少し驚いた様子で、俺の顔を
ジッと睨み…見つめてくる龍ヶ崎。
それまでは全く知らなかったけどね。
でも見たまんまだから特に驚きはなかったよ。
俺の答えにまた何か物言いたげな表情を浮かべながらも、
龍ヶ崎はそのまま口をつぐんでしまった。
そんな俺たちのやり取りを見ていたまさやんは小さくため
息をつくと、頭をガシガシと掻きながら口を開き…
「ま、会っちまったもんは仕方がねぇ。桐原の顔はもう
わかるな、また出くわしそうになったらあっちが気づく前
に全力で逃げろ」
「らじゃ！」
ビシッと。
片手をかざして警官さながらの敬礼をした俺に対し、まさ
やんはおかしそうに苦笑を一つ。
これからまた一眠りするっつー徹夜明けのパツキン兄貴に
見送られ、俺と龍ヶ崎は寮長室をあとにしたのでした。

第2章　撫子とフラミンゴ　　103

熱狂入学式

「…これが会場？」

「……」

龍ヶ崎の無言の肯定に、思わずガクリと項垂れた。

俺と龍ヶ崎の真ん前にそびえ立つのは、屋根が楕円状の
でっかいドームでした。

屋根からバサッと【第68回鈴蘭学園入学式】なんてこれま
たでかい垂れ幕が、大々的にかかってっけどさ。

俺はなかなか現実を受け入れられなくて、頭を抱えた。

普通さ、入学式って木目の床の体育館にパイプ椅子並べて。

全校生徒が入るにはちょっと狭いな、なんて感想抱きなが
らやるもんなんじゃねぇの？

いや俺も高校の入学式はこれが初なんで知ったかぶったこ
とは言えないんですが、中学ん時の入学式はそんな感じ
だったもんで。

何で学校にドームなんてあるかな。

こういうのって普通、オペラとか演劇の舞台会場として建
てられるもんじゃねぇの？

そんなふうに俺が呆然とそのドームを見上げていれば、い
つの間にか隣にいた龍ヶ崎の姿がなくなってることに気が
ついて。

振り返ればこちらに背を向けた大型獣が、来た道を戻ろう

としているとこで…
「あっおい龍ヶ崎、結局出ねぇの入学式ー？」
去りゆく背中に声をかける。
それに対して龍ヶ崎はチラッとこっちに目を向けたものの、
またすぐに前を向きそのまま立ち去ってしまった。
え、もしかしてマジで俺を送ってくれただけ？
てっきり龍ヶ崎も、もう出席するつもりになってて。
俺はそのついでに連れてきてもらっただけだと思ってたか
ら、ちょっとびっくり。
いや、マジ感謝です。
病み上がりこき使ってごめんなー。
「ありがとー、ノエルちゃーん」
聞こえてるかどうかわからないけど、俺は龍ヶ崎が去って
いった方向へお礼を言うと、入学式会場のドームの中へと
足を踏み入れたのだった。

————……
『それでは続きまして、鈴蘭後援会代表からご挨拶を——
…』
会場内は、静かで薄暗く。
唯一舞台に向けられた煌々とした強めの照明で、会場に座
る生徒の姿がぼんやりと照らされて見えた。
映画館や劇場みたく座席は段々と上に上がるように設置さ
れてる。

第2章 撫子とフラミンゴ　105

入ったのは会場の一番後ろの扉から。

みーんな壇上に集中してて、俺が入ってきたことに気づい
てる奴はいないっぽい。

つーか、何かバランス悪くね?

何で皆、こんなに前に詰めて座ってんだ?

かなり広い会場で1個飛ばしで席空けても余裕で座れるっ
つーくらいなのに、まさやんから聞いてた話じゃ好きなと
こに自由に座ってオッケーって話だったのに。

前方はみっちりで数百人、後方はガラガラで十数人がバラ
けて座ってるって感じ。

バランスの悪い光景に首を傾げつつも、さてどこに座ろう
かとキョロキョロと会場を見渡していたその時、1人の男
子生徒とバチッと目が合った。

そいつがヘラ〜っとした笑みを向けてくるのがわかって、
思わず俺も口角を上げてそれに応える。

すると来い来いって感じで俺に手招きをすると、ポンポ
ンっと自分の座る隣の席を叩いてきた。

うん、そんな無害そうな笑顔で誘われちゃったら、行くし
かないよな。

「えへへ、こんにちは〜」

「ちは」

とりあえず小声でご挨拶。

薄暗い会場内、その鈴蘭生に近づいてみてわかったのは何
とも緩そうな声に合ったタレ目の美形男子君だということ

106

だった。

ふわふわとした癖毛で前髪をカチューシャで留めて後ろに流してる。

ストンとそのタレ目男の隣に腰かければ、そいつは何とも人好きのする笑顔を向けてきた。

「俺ね〜一色冬樹ってぇの、よろしく〜」

ゆる〜い声に合った、ゆる〜い自己紹介。

何か、随分とのほほ〜んとした野郎だな。

「俺の名前は…」

「黒崎くんでしょ〜、知ってるよぉ」

…何か、まさやんといいエセプリンスといい。

コンビニの雑魚連中といい。

俺って何気に有名人だったり？

「あはは〜、そうそう有名人だよぉ。何てったって【鈴蘭】初の奨学生だもん〜」

「…俺、声出てた？」

うん出てたよ〜と、答えるタレ目男こと一色。

コイツのゆる〜い雰囲気に影響されて口ゆる〜くなってんのかな俺。

そのまま一色は、内緒話でもするかのように顔を近づけてきて…

「コンビニで、他の1年生に喧嘩売ったって聞いたよ〜？そん時の噂やら写真やらが出回ってるから、黒崎くんってすぐにわかったんだ〜」

第2章 撫子とフラミンゴ　107

「いや俺売ってねぇし、むしろ被害者だから」
間髪容れずに即訂正。
あの時コンビニには例の5人組の他に、周りにも結構な数
の野次馬がいたんで。
あることないこと噂が出回ってても特に驚きはしなかった
けど、写真っていつの間に。
俺が気づいてないってことは完全に盗み撮りってことじゃ
ん、金持ちは他人の人権踏みにじっていいとでも思ってん
のかね。
一応キッチリ訂正した俺に対して、そうなんだ〜と答える
一色はあまりその噂に興味がないらしい。
コンビニ5人組やエセプリンスの反応を先に見てるだけに、
一色の反応は好印象だった。
「ねぇねぇ、"マコっちゃん"って呼んでいい〜？　俺のこ
とも、好きに呼んでいいからさぁ」
「…別にいいぜ、じゃあお前は…"トキ"なトキ」
「あは〜、おっけぇ」
あだ名をつけられたのであだ名でお返ししました。
名前を短縮しただけじゃんなんてツッコミは受けつけませ
んインスピレーションは大事なのです。
これでお友達だねぇ、と笑う一色ことトキ。
草食系っつーか癒やし系っつーか、何か和むなコイツ。
年上のお姉様とかにモテそうだな。
『続きまして──…』

んなふうに、俺とトキは入学式そっちのけで。

お互いの趣味からどうでもいい話まで小声でゆる〜くお喋りしてたんだけど。

続いてスピーカーから流れた進行役の言葉に、この学園に来て俺は何度目かの驚きを体験することになったのでした。

『新入生代表挨拶、一色冬樹君』

…? イッシキ、トウキ?

「あ、何か呼ばれたみたいだから行ってくんねぇ〜」

トキは俺の前を通ると、ゆる〜い雰囲気そのままにトコトコと舞台に向かって歩いていった。

…うん、他人は見かけによらないって言葉今改めて身に染みたよ俺。

新入生代表って、主席だぜ主席。

今年入った1年の中で、一番頭がいいってことだぜ。

…とりあえず、テスト前はトキに頼りまくろ。

トキにとって迷惑極まりない決心を固めた俺は、舞台に上がったタレ目男へ目を向けた。

が、しかし。

照明に当たったトキの頭を見た俺は、思わず目が点になっちゃいました。

──…マジかよアイツ、全然気づかなかった。

だだっ広い舞台には彩り鮮やかなお祝いの花が飾ってあって、味気ない入学式に一役買ってるんだけど。

そんな綺麗な花々よりも何よりも、一番目立ってんのが。

第2章 撫子とフラミンゴ　109

真っピンクに染められた、トキの髪で。

──…トキっつーよりフラミンゴじゃん。

一応ツッコんではおいたけどさ。

仮にもお金持ち高校の新入生代表が、公衆の面前で思いっ切り校則違反していいわけ?

停学とかなんねぇの? 大丈夫かアイツ?

まぁ思いっ切りパッキンに染めてる寮長がいる時点で何も言えないけどさ。

俺がそんなことを考えてる間にトキの挨拶は終わったようで、特徴的なピンク頭をゆらゆらと揺らしながらゆる～い笑顔で戻ってきた。

「あ～緊張したぁ、マコっちゃんどうだったぁ俺の挨拶～?」

「…かっちょよかったよ?」

正直ピンク頭に目が行ってて、あんま聞いてなかったけど。

フラミンゴの期待に満ちた目に、思わず取ってつけたような感想を一つ。

そんな俺に気づいたのか、トキは頬をぷーっと膨らますと隣に座ると同時に横からベッタリと引っついてきて…

「も～聞いてなかったでしょ～」

「ちょ、近ぇよ。離れろ」

「や～」

俺の肩に顔を埋める感じで。

ペタッとくっついて離れないトキの頭をとりあえず押して

110

みたものの、ますますぎゅ～っと抱きついてくるピンク頭なフラミンゴ。

…何かコイツ、甘ったれな子供みてぇだな。

フワフワした髪が首筋に当たって、擽ってぇんだけど。

「マコっちゃん、いい匂いする～」

「…そーかよ」

もう好きにすりゃいいさ。

やらしい感じは一切なく犬がじゃれついてくるような感じに、俺は早々に抵抗を諦める。

ちなみに言っておくと。

俺、今現在男物の制服着てるわけですから。

端からだと、男同士がベタベタしてるようにしか見えねぇぜコレ。

俺はこの格好、今日限りだからいいけど。

お前、明日からホモ疑惑かけられても知らねぇぜ。

教えてやんねぇけど。

コレを機に初対面の相手に抱きつくリスクってのを知ればいいさ、はっはっはっ。

『続きまして、今年度就任されました鈴蘭学園篠原新理事長からご祝辞を——…』

「…あ、」

引っつき虫と化したフラミンゴを放置しつつ、その子供体温にうとうとと微睡んでいた…その時。

聞こえてきたスピーカーの声に、俺は意識を前の舞台へと

第2章　撫子とフラミンゴ　111

向けた。

カツカツ、と。

ハイヒール特有の足音を響かせながら舞台袖から登場したのは、1人の女性。

長い髪をお団子にしてキチッと纏め、女性用ビジネススーツをピシリと身に纏った大和撫子。

久しぶりの姿に、俺は心持ち前のめりになってその勇姿を見つめた。

『ご紹介に預かりました、このたび鈴蘭学園第21代目理事長に就任しました篠原薫と申します』

カンペなしに、ただ真っ直ぐ前を見て。

新入生に語りかけるように話す姿は凛としていて、女の子なら誰もが憧れる大人の女性像。

事実、前方に座る生徒達がその大和撫子の姿に目が釘付けになってんのが後ろから見てもわかった。

しのちゃん、かっけー！

何年か前に会った時よりも更にキレイになってるしのちゃんに目を輝かせる。

滞りなく挨拶を終えたしのちゃんは会場全体を見渡すと、ある一点で目を止めてスッと目を細める。

少しの沈黙後、にっこりと誰もが見惚れる笑みを浮かべたしのちゃん。

そうして再びカツカツとヒールを鳴らしながら舞台を退場していった大和撫子理事長に、会場は一瞬の静寂のあと…

「「「きゃあぁ～！」」」

「「「おおぉ～！」」」

そこかしこから、男女問わず感嘆の声が上がったのでした。

「…何か理事長、こっち見て笑ってたみたいに見えたね～」

「うん、そうだな」

一方の俺もしのちゃんからの愛コンタクトににまにま。

あー早く直に会いたいなぁと思いながらシートに背中を預けてリラックス。

けれど次の瞬間、俺は会場に満ちた異様な雰囲気に目を瞬かせることになった。

『──…それでは最後に、鈴蘭生徒会執行部会長から皆様へご挨拶を賜りたいと存じます』

その、刹那。

今の今まで騒がしかった会場が、水を打ったようにシン…と静まり返った。

コツ、コツ、コツと、舞台袖から出てきたのは【鈴蘭】の制服を着た1人の男。

俺の席から壇上は遠くて、そいつが濃い茶髪だってことくらいしかわからなくて…

「マコっちゃん、耳塞いでた方がいいよ～」

「うん？」

会場の誰もが息を詰め、その男に注目する中。

俺はトキに言われるまま、両手の人差し指を両耳にズッポリとはめた。

第2章　撫子とフラミンゴ　113

『──…鈴蘭学園生徒会執行部会長、三鷹隆義だぁ。俺様の言うこと聞いて、皆イイコにするんだぜ?』

俺の席からじゃやっぱり遠くて、顔はよくわからなかったけど。

男がニヤリと笑ったのが、その声色でわかった。

耳を塞いでても微かに聞こえた挨拶に、何とも高慢ちきな口調の野郎だなと壇上のそいつに呆れの眼差しを送っていた。

と、次の瞬間…

───…ドッ!!!

ドーム全体が、大きく…揺れたのだった。

「「「きゃあああ!!!!」」」

「「「うおおおお!!!!」」」

「っ!? うるせっ!」

会場内の生徒から沸き上がる大歓声。

フラミンゴからの助言で両耳の鼓膜を保護していたけど、それでも防ぎきれないくらいの大音量に俺はビクリと肩を震わせた。

まるでアイドルのコンサート会場のような、いやそれよりももっと狂喜乱舞な集団の様子に目が点になる。

「なっ何だこれ…」

呆然とした俺の呟きは歓声に掻き消され、誰の耳にも届くことはなかった。

誠の決意

入学式終了後、俺達新入生はそのまま各自解散となった。

俺はしのちゃんと会う約束をしてたから、理事長室のある校舎まで行かなきゃいけなくて。

ただドーム同様、いまだに学園内のどこに何があるか把握してない俺が自力で校舎に辿り着くには無理があって…

「さんきゅートキ、助かった」

「いいよ〜別に、俺どうせ暇だったしぃ」

本日二度目の遭難の危機に陥りそうだった俺が頼ったのは、本日付けで友達になったふわふわピンク頭なフラミンゴでした。

ただ今2人で、校舎に続いてる道をのんびり歩いているところでっす。

「てか、お前の頭って改めて日の下で見るとすげぇのな」

「でも面白くない〜？　ピンクってさぁ」

「…まぁ個性的だとは思うけど」

太陽の下、間近で見るその奇抜な髪の色に俺の目はチカチカ。

そこかしこで咲き誇ってる桜の花が霞むくらい濃い蛍光ピンクなトキの頭。

100メートル先からでも余裕で見つけられそう。

「でもさぁ、それもどうかと思うよぉ〜？」

第2章　撫子とフラミンゴ　115

「…ゴモットモデス」

トキが真っ直ぐ指差してきたのは、俺の前髪。

言い遅れましたが俺の前髪、それは昨日と同様に俺の目元を"モッサリ"と覆っています。

覚えてるでしょうか、俺のデコにでかでかと貼られた湿布くんの存在を。

まさやんにあんだけ爆笑されたあとで素顔さらして入学式出れるほど、面の皮厚くねぇしね俺も。なので実はドームに入った時からずっと、前髪は下ろしたままなんです。

すっげー邪魔くせえけど、デコ湿布とモッサリ前髪じゃ後者の方がマシ。

旅の恥は掻き捨て、的な。

この格好も今日限りだし。

明日までに湿布が見えねぇ程度に邪魔な前髪切れば、問題ナッシング。

ただセルフカットにはあんまり自信がないんで、これから会ううしのちゃんに頼んで切ってもらおうかと。

そんな校舎までの道中、俺の頭に思い出されるのはつい先ほどの入学式の光景。

耳を塞いでたのにもかかわらず、たくさんの熱狂的な歓声が俺の身体を通して鼓膜を震わせた。

いやはや、あれはマジで凄かった。

──つか"ミタカ"って、もしかして三鷹さんの親戚だったり…?

俺が気にかかったのは、男の名前。

前に言ったように三鷹さんの実家はめちゃ金持ちらしく、

三鷹さん自身もこの学園のOBで。

だから三鷹さんの親戚がここに通っててもおかしくはない。

顔はよく見えなかったけど、ハスキーな声はちょっと似て

たような気がしないでもない。

ただ確認しようにも三鷹さんはすんごい忙しい人なんで、

電話でもメールでも俺のこんなちょっとした疑問で手を煩

わせたくない。

だから…

「なぁトキ、ちょいと聞きてぇことあんだけどいい？」

「な〜に〜？」

お友達になったフラミンゴに質問しちゃおうと思います。

ぷりーず、アンサーミー。

「三鷹会長〜？」

「そ、どんな奴なの？」

「ん〜確か大きな財閥の御曹司で【鈴蘭】じゃ絶対的王様

として君臨してるって聞いたよ〜」

財閥、財閥…か。

俺、三鷹さんの実家が金持ちだってのは知ってるけどそれ

が財閥かどうかまでは知らねぇや。

うーん、なかなか繋がらねぇなぁ。

「あ、あとね〜噂じゃ会長はすっごい好色家らしくって〜。

気に入った子は男女問わず、食い散らかしちゃうってこと

第2章　撫子とフラミンゴ　117

とか～」

「こっ好色…？　食い散らかす…？」

「あとあと～、会長は気に食わない奴には容赦なくって～。男女問わずぼっこぼこにリンチしちゃうってこととか～」

「ぼっこぼこ…」

男女平等主義ってやつだね～と、ゆる～く笑いながら言葉を続けたトキに俺は少しのフリーズ後、心の中で全力でツッコんでやったよね。

──んな公平さなんていらねぇよっ！

つまり、何だ。

会長サマってのは〝節操なしで横暴で俺様野郎な鈴蘭生のカリスマ〟ってことだよな。

うっわ、マジで関わりたくねぇ。

節操なしと横暴ってのはあくまで噂だけど、さっきの俺様節全開の挨拶を聞いてるだけに信憑性高そうなんだけど。

まさやんの言った通りだわ、近づかない方がいいわ。

本人に確認しようかと思ったけど、やめとこやめとこ。

三鷹さんの親戚でもそうじゃなくても、仲良くなれる気がしねぇもの。うん。

「ついでにもう一個いいか？　俺ここに来てから奨学生じゃなく外部生ってちょくちょく言われんだけど、何でか知ってたりする？」

「え？…あ～そっかぁ、マコっちゃんからしたら意味わからないよね～」

ピンク頭なフラミンゴはちょっと考えたあと、おもむろに
指を三本立てて…
「ん～あのねぇ、簡単に言うと鈴蘭学園の生徒は三つの中
学校の持ち上がり組で構成されてるんだ～」
「え、持ち上がりなのか？　へー、俺てっきり普通の高校
受験と一緒で入試あんのかと思ってた」
「あ、違う違う～。完全にエスカレーター式じゃなくてぇ、
俺達持ち上がり組もちゃんと入試に合格した人だけが【鈴
蘭】に入学できるようになってるの～」
だから三つの中学校どれかを卒業してないとダメって条件
以外は普通の高校受験と同じだよぉ、と言葉を続けるトキ。
へぇ、初めて知った。
まぁこの学園に関しちゃ完全に素人なんで、ここ数日で俺
が知る情報は全て初めてのものばかりなんですけども。
「昔からそうなんだ～、だから新入生だけじゃなくて在校
生もその三校の卒業生ばかりなんだよ～」
「…なるほど、な。だから俺は"外部"生ってわけね」
外部生っていう言い方には"外から来た奴"って意味合い
が強く含まれてる。自分達を"生粋の鈴蘭生"って呼んで
たコンビニ５人組の言動にも納得。
中学ん時からの知り合いばかりの集団…しかもそれが大き
く三つもある中に単身飛び込んできた俺は、確かに外部
生ってわけだ。
何つーか、思ってた以上にかなり閉鎖的っていうか排他的

第2章　撫子とフラミンゴ　119

なんだなここって。

んなとこでやってけっかなぁ、まぁやってくしかねぇよなぁ。

「ここが鈴蘭生の学舎、鈴蘭学園の校舎だよ～」

「……」

そうしてトキに案内されて歩くこと、約10分。

その建物の影が視界に入った瞬間、俺はクラリとした目眩に襲われることになった。

俺とトキの前にそびえ立っていたもの、それは…

「……シンデレラがガラスの靴両手に持って裸足ダッシュで逃げ出してきそうなお城だな」

「マコっちゃんってロマンチストさんなんだね～、可愛い～」

ヨーロッパの貴族が住んでそうな、でっかいでっかい白亜のお城でした。

寮の洋館、ドームに続いてお城って。

ああもうマジで頭痛い。

何なんだよ、金持ちって全員閉所恐怖症なのかよ。

んだけでかい場所じゃなきゃ勉強できねぇのかよ息できねぇのかよ、ああもう。

「校舎は見ての通り、二つの塔が対になってるシンメトリー構造なんだ～。正面の門が出入り口で～、向かって左が通称"赤の塔"で、右が"青の塔"って言うんだよ～」

理事長室は青の塔の最上階ね～、と。

トキが指差したのは、屋根の部分が濃い藍色をした塔の
てっぺん。

「ありがとなトキ、ここまで送ってくれて」

「どういたしましてぇ」

帰り道わかる〜？って聞かれて、自信なくて一瞬答えに詰
まったけど。

しのちゃんに聞けば大丈夫だよってことで、親切なフラ
ミンゴとはそのままお城の前でバイバイしました。

もちろん、明日の朝一緒に学校に行こうっつー約束を忘れ
ずに。ね。

――――……

【鈴蘭学園校舎ツインタワー青の塔最上階】

――コンコンッ、ガチャ…

「失礼します新入生の黒崎です、篠原理事長に用があって
来たんですけ…」

「マ〜コ〜ちゃ〜ん!!」

「どっ!?」

重厚な唐茶色のドアを開けていの一番に俺を襲ったのは、
しのちゃん名物猪突猛進タックルでした。

「や〜ん！　マコちゃんの匂いだわ〜！　ムラムラする〜！」

「しのちゃ…く、くるしっ」

理事長室の入り口でしのちゃんにタックルを決められ、倒
れることなく何とかその場に踏み留まったものの、ただ今

第2章　撫子とフラミンゴ　121

窒息死寸前です。

しのちゃん本人は単に俺に抱きついてるだけのつもりなんだろうけど、元レディース総長の腕力舐めちゃいかんぜよ。ぐあっ。

「マコちゃんに会えなくて寂しかったわ〜！」

「うっうん、俺もさびしがったよ…ぐ、」

しのちゃんこと篠原薫。

鈴蘭学園の新米理事長さんにして三鷹さんの昔仲間さん、俺とも小さな頃からの顔なじみさんです。

今年ここ【鈴蘭】に、学園史上初となる奨学制度が導入された。

言わば試験的な導入で、その被験者１号となる生徒を探す役目を任されたのがしのちゃんだった。

そして学園OBである三鷹さんの推薦もあって、選ばれたのが俺。

母さんを亡くして天涯孤独となった俺の身の上は奨学制度を受ける条件をクリアして、あとは学園側が求めるレベルの学力があるかどうか。

これまた三鷹さんが専属の家庭教師をつけてくれて、地獄のスパルタ受験勉強の日々を生き抜いた俺は無事奨学試験に合格することができたのでした。

「しのちゃん入学式お疲れさま、凄く格好よかったよ」

「ありがとう、マコちゃんにそう言われると頑張った甲斐(かい)があったわ〜！」

式に出てたしのちゃんの印象は、キリッとしたクールビューティー。

それはそれで凄く格好よかったけど、俺は今目の前でニコニコしてるしのちゃんの方が好き。

言うと調子に乗るからやめろって三鷹さんに言われてっから、俺だけの秘密だけど。

しのちゃんのこの笑顔が一番好き。

だから…

「ところでマコちゃん、あなた何で男の子になっちゃってるのかしら?」

真っ赤な可愛いスカートはどうしたの?　ん?

そう聞いてくるしのちゃんの笑顔は、目が笑ってないのでちょい苦手です。

と、とりあえず…

「不運な事故です不可抗力です」

それだけは言わせて。

「──…太陽寮に間違えて入寮しちゃった上に、同室が龍ヶ崎組の長男…ですって?　そこで今まで、過ごしてた…ですって?」

「うん、多分どっかで手違いがあったんじゃねぇかな?　太陽寮の寮長、俺の入寮許可証持ってたし…」

かくかくしかじか。ほにゃららら。

主に入寮初日に起こったハプニングと制服の件を俺が話し終えれば、驚いたしのちゃんは口を開けたまま固まってし

第2章　撫子とフラミンゴ　123

まいました。

こうなったしのちゃんは再稼働するまで少し時間がかかるんで、俺はしのちゃんの秘書さんに淹れてもらったコーヒーを飲んでしばし待つ。

あー…この苦味が身に染みるぜ。

甘いもの大好きな俺だけどコーヒーはブラックで飲めるんだぜ、えっへん。

そんなふうに俺が一人まったりとコーヒーブレイクを満喫していた…と、次の瞬間。

大和撫子さんの絶叫が理事長室に木霊することになったのだった。

「いやあああっ！　私のマコちゃんが野郎なんかと一夜を共に過ごしただなんてっ、あまつさえ穴を開けられたなんてええええ!!」

「!?」

しのちゃんの悲鳴に、ビクッと肩を震わせる。

首をブンブン振りながら取り乱すしのちゃんに、わけがわからず首を傾げる俺。

けどすぐに、『一夜を共に過ごした』や『穴を開けられた』っつー言葉の意味を知ることになった。

「そんなどこの馬の骨ともわからないような男に、私のマコちゃんの処女膜が破られちゃったなんてええええ!!!」

「――ブッ!!?」

しょっ…!　まっ…!

124

な、何てこと言うのしのちゃんっ！
何てワードチョイスしてんの！
俺そんなこと一言も言ってないでしょ！
ただ手違いがすぐわかったあとにすぐにしのちゃんに連絡
を入れなかった理由として、龍ヶ崎が熱出して寝込んでた
のを看病して一夜を明かしたって言っただけで！
穴に関しちゃ開いたのは壁だから！　俺じゃねぇから！
「やーん！　マコちゃんの穴がああぁ!!!」
「し、しのちゃんっストップストップ！」
お願いだから黙ってええええぇ!!!

――――……
「空き部屋、がない…？」
「そうなのよ～！」
何とか冷静になったしのちゃんは傍に控えていた有能そう
な秘書さんに指示を出すと、受け取った書類を確認してガ
クリと肩を落としてしまった。
制服のワンピースはすぐどうにかなるらしいんだけど、女
子寮である月城寮は今ほぼ満室状態で。
空きが出るのは、しばらく先になるとのことだった。
「…？　"ほぼ"満室ってどういう意味？」
「あの洋館外観も内観も煌びやかだけど色んなところにガ
タが来てて、春休みには各部屋のリフォームをするのが毎
年恒例なんだけど…」

第2章　撫子とフラミンゴ　125

リフォームっつっても何でもかんでも新しくするわけじゃ
ないらしいけど、それでも部屋数が部屋数だから春休み中
に全部終えるには結構大変らしく。

中には見るも無惨になってる部屋もあって、そういうのは
全部後回しにしてひとまず寮生が入る分の部屋だけ修理修
繕したそうで。

言い換えるとつまり、現在空き部屋としてあるのはリフォー
ム待ちの見るも無惨な部屋ってこと。

「なるべく急がせるけど、リフォームが終わるまで多分1
ヶ月くらいかかると思うの。それでね、マコちゃんさえよ
ければそれまでの間ここで寝泊まりしてもらって構わない
んだけど…どうかしら？」

ここってのは、理事長室のある"青の塔"最上階フロアの
ことで。

このフロアには理事長室の他に客室が数部屋あるらしくて、
人1人ぐらいは余裕で暮らせるんだって。

つまり俺は、寮から離れて1ヶ月お城暮らし。

登校には便利だし食堂もあるらしいし、何よりしのちゃん
と会える機会も増える。

数日前の俺ならきっと、しのちゃんの嬉しい申し出に一も
二もなく頷いてただろうけど…

『俺には今まで、一度だって――…！』

…思い出してしまうのは、他人と馴れ合うことが嫌いな大
型獣の姿。

ほっとけ、ねぇよなぁ…。

あの部屋から出ても同じスズラン館内なら、ちょくちょく様子見に行けるだろうって思ってたけど。

この城に住むってなったら、アイツとの接点は瞬く間になくなるだろう。

今は少しだけ開いたドアから、俺に向かってガンを飛ばす目が見えてる状態だけど。

1ヶ月も離れたらそれすらなくなる、あの男版アマテラスの心の扉は完全に閉ざされちまうだろうな。

別に、アイツの近くいたからって俺に何ができるわけでもねぇんだけど。

自分のことでいっぱいいっぱいのガキな俺に、他人の心を癒やすなんて大層な芸当できるはずもねぇんだけど。

今ほんの少しだけ開いてるドアがこれ以上開くとは限らねぇし、むしろだんだん閉まっていくかもしれねぇし。

んな簡単にあの野生の獣が俺に懐くなんて、全く思わねぇし。どちらかってぇと、散々噛みつかれまくって手が傷だらけになるだけだと思う。

でもさ…

『マコ、夕飯できたわよ。手洗っておいでー』

…独りは、やっぱ寂しいもんな。うん。

「あのさしのちゃん、俺お願いがあるんだけど——…」

第2章 撫子とフラミンゴ　127

初めの一歩

――トントントン

「ふんふんふーん」

しのちゃんとのガールズトークを楽しんだ俺がスズラン館に戻ったのは、日も暮れた午後6時過ぎ。

今現在は三鷹さんからの贈り物ふりふりエプロンを着けながら、寮室のキッチンで夕飯作りに勤しんでおりました。

「何やかんやあったけど、全体的に見りゃ結構いい1日だったかもなー」

思わずえへへと笑いながら独り言。

朝から制服の一件でバタバタしちまったけど、遅れて入学式に行ったからこその出会いもあって。

ゆるふわフラミンゴなダチができたことプラス、久しぶりにしのちゃんに会えた嬉しさに俺の頬は緩みっぱなし。

不安がないって言ったら嘘になるけど、明日からの高校生活が少し楽しみに。

ちなみに今日のメインのおかずは南蛮漬けです。

何か酸っぱいのが食べたい気分だったからさ。

パクリと味見。うん、いい感じー。

――ガチャ…

「お、龍ヶ崎。顔色よさそうだな、一緒夕飯食べっか?」

「……」

ノブの音に顔を上げれば、そこにいたのは今朝入学式会場のドームまで送ってくれた同室者。

いや玄関に靴があったからいんのは知ってたけどさ、ずっと自室に閉じ籠りアマテラスだったから。

部屋から出てきた龍ヶ崎に声をかけながら、ちゃっちゃと皿におかずを盛り付けていく。

「作りすぎたから食べるなら取り分けるぜ、昨日の残り物に春野菜と鶏の南蛮漬けだろ。あと筍と菜の花の和え物とかオススメだぜー」

作りすぎたってのは口実。意識して多めに作りました。

そろそろ出てくっかなぁって思ってたら案の定です。

多分これからコンビニか食堂に晩飯を食いに行くつもりなんだろう。

腹ペコだろう大型獣に飯の匂いを嗅がせながらお誘いしてみる。

美味しいぜー自信作なんだぜー。

「……」

そんな俺を少しの間ジッと睨み付け…いや、見つめていた龍ヶ崎だったけど。

何を思ったのかグッと眉を寄せると、足先を玄関へ続く扉へと向けてしまった。

あー、やっぱそんな簡単に気い許さねぇか。

体調も回復して通常運転に戻ったっぽいし、元々初日から関わるなオーラバンバンに出してたしな。

第2章　撫子とフラミンゴ　129

まぁ今回がダメでも追々…と思いながら俺がガスコンロの
火を止めた、その時だった。
――きゅううう…
「……」
「……」
何とも可愛らしい子犬の鳴き声が、聞こえたのは。
いやもちろん２人きりの寮室に、犬なんかいないわけで。
固まる龍ヶ崎、見つめる俺。
再びきゅううと、犬が鳴く。
その鳴き声はハッキリと、龍ヶ崎の腹から聞こえてきて…
「ぶっは！」
「…テメェ、」
「いっいやだって、そんな子犬が鳴いたみたいな…！　ぶっ
はっはっはっ！」
思わず噴き出してしまった俺を、額に青筋を浮かべて射殺
さんばかりに睨み付けてくる大型獣。
そんな泣く子が更に泣き出すような凶悪顔も、俺には恥ず
かしいのを誤魔化してるようにしか見えなくて。
なんつー可愛いもん腹に飼ってんだよコイツ、ふはは。
「悪い悪い。お詫びにほら、夕飯ご馳走すっから。な」
「……」
笑い交じりの謝罪に、相変わらず無言の龍ヶ崎。
けどリビングから出て行く様子は見せず、何かを思案する
ようにその場に佇む。

つーか俺もさっきからぐうぐう腹鳴ってたり、水が流れる音や野菜を炒める音に誤魔化されてただけで。

あー、腹減った。

「龍ヶ崎、取り分けたヤツそっちに運んでくれっかー」

俺が指差したのはダイニングテーブルに置いた数品のオカズ、揃いの食器に取り分けて運びやすいようお盆に載っけてある。

俺の言葉に龍ヶ崎は、おもむろにキッチンへと近づいてきた。

「ふんふーん……ん？」

ふと、俺から少しの距離を保ちながら立ち尽くす大型獣に気がつく。

その眉間には相変わらず皺が寄っていて、ジッとこちらを見つめてきていた。

「…どうかしたか？」

「……」

部屋に戻ってきた時点で前髪は上げてるんで、俺の視界はちょークリア。

だから龍ヶ崎の顔も表情も、その目もよく見える。

龍ヶ崎の黒い瞳に浮かんでいるのは、俺というストレンジャーに対する威嚇と警戒。

そしてほんのわずかな苛立ちと…戸惑いだった。

——何かコイツって、やっぱアレだよな…

龍ヶ崎の目を見ながら、俺は思わずヒトにイジメられて疑

第2章 撫子とフラミンゴ　131

心暗鬼になってるわんちゃんみたいだなぁなんて失礼なことを思ってしまった。

まぁ犬って言っても、かなり狼本能が強いシェパードみたいな大型犬だけどね。

龍ヶ崎に動きがない為、俺もただジッと相手を見つめ返すことしかできない。

こっちから動いたら引くってわかるから、一旦手を止めて龍ヶ崎が口を開くのを辛抱強く待つ。

俺と龍ヶ崎との静かな見つめ合いがまだしばらく続くかと思われた、その時。

警戒心いっぱいの大型犬が、ゆっくりと言葉を紡いだのだった。

「お前は、……何だ」

「……」

って、言われても。

何だ、って逆に何だよ。

お前、ホント口下手にもほどがあるんだけど。

聞きたいことあんならちゃんと言葉にしねぇと伝わんねぇんだぜ、ったく。

ま、でも…

「俺は黒崎誠、【鈴蘭】初の奨学生で庶民代表な高校1年生。身体動かすことが好きで、好きな教科はもち体育。あっでも本読むのも好きだから現国も得意だぜ、その代わり化学と数学は苦手かなぁ」

ピクリと、龍ヶ崎の眉が反応する。

それに気づかないふりをして、俺は出来上がった南蛮漬けを皿に盛り付けながらつらつら喋り続けた。

「パーカーとかTシャツとかラフな服が好きで、音楽は何でも好きだけど演歌とかよく聴くぜ。あと料理は作んのも好きだし、食べんのも食べてもらうのも好き。でも反対に、手芸とか編み物は苦手な…」

「んなことを聞いてんじゃねぇ‼」

バンッ！と。

叫んだと同時に龍ヶ崎が叩いたのは、真横にあった冷蔵庫。グーパンじゃなかったから初日の壁みたく穴ができることはなかったけど、衝撃で大きな冷蔵庫が揺れたのがわかった。

グンと増えた眉間の皺が、龍ヶ崎の苛立ちの大きさを体現していた。

「テメェ、舐めてんのか…！」

唸る大型犬に対して、俺は真っ直ぐその目を見つめ返す。そして気が立ってるそいつを逆撫でしないよう、静かに言葉を発した。

「舐めてなんかねぇよ。ただ、言葉で伝えられるとこから始めてるだけ」

俺がそう言うと、龍ヶ崎は意味がわからないというような顔で見つめ返してきた。

戸惑う大型犬に苦笑を一つ。

第2章　撫子とフラミンゴ　133

うーん、俺もあんま上手くは言えねぇんだけどさ。

「お前が俺の何を知りたいのかわからねぇし、何にそんなにイライラしてんのかもわかんねぇけどさ」

エスパーじゃないんでね。

何となくこうかなって推測したり、それとなく察することはできるけど。

意志疎通のできてない相手の心の中をまるっと覗けるんて能力、俺にはないわけ。

「でも…お前自身も自分が何を知りたいのか、何に対して苛立ってんのか、わかってねぇんじゃねぇの?」

思い当たるところがあったのか、龍ヶ崎はぐっと口を結んで黙ってしまった。

ホントはわかってんだけどな、コイツが何を知りたくて何にイライラしてんのか。

わかってるっつーか、何となくこうかなって。

だからそれを今ここで口に出して、教えたっていいわけだけど。

でもさ…

「んなに焦る必要ねぇと思うぜ?」

「……あ?」

あっけらかんと笑って言った俺の、その言葉の意味がピンと来なかったんだろう。

龍ヶ崎は疑問の声を上げると、言葉の続きを促すようにジッと俺を見つめてきた。

んーっと、だからさ。

「俺もお前も出会って今日で3日目、まだまだお互いに知らねぇことなんていっぱいあるさ。でもこれから先、ずっと一緒に生活していくんだからさ。"わかんねぇこと"はその中で、1個1個解決してけばいいんじゃねぇの？」

な？、と俺は龍ヶ崎に笑いかけたのだった。

コイツはホントに何も知らない、ただのおっきな子供なんだ。

いっぱいいっぱいなあの状態を見たら、今まで周りにはろくな奴がいなかったんだなって分かる。

多分、ガキの頃から。

コイツはそこで、止まったまんまなんだ。

だからきっと俺が"当たり前"にしてることが、コイツにとっては初めてのもんばかりで。

戸惑い、警戒した結果、相手を威嚇することしかできないでいる。

でも心の底では誰よりも一番、その"当たり前"を望んでる…気がする。

何度も言うけど何となくな、こう何となく。

『…俺、今の寮室にこのまま住んじゃダメかな？』

それは理事長室で、俺が口にしたしのちゃんへのお願いごと。

俺の頼みに目を見開いたしのちゃんは、それはもう大反対の嵐だった。

第2章　撫子とフラミンゴ　135

無理なことを言ってるのは自分でもわかってた。

とてつもないわがままだってのもわかってた。

けど俺にはどうしても、この男版アマテラスを放っておく
ことができなくて…

『…わかったわ、マコちゃんがそこまで言うのならそのま
まの今の寮室で生活できるように手配してあげる』

ただし…

──…男の子として過ごしなさい、…か。

しのちゃんが出してきた条件は、『男子寮である太陽寮で
生活するなら学園でも男の子として振る舞わなければいけ
ない』ってなものだった。

ま、当然そうなるわな。

女が男子寮に堂々と居着いちゃ、さすがに問題になっちま
うもんな。

このままここにいるには、それ以外の選択肢はない。

でももう知っちゃったからには、このままコイツが独りで
自滅していくのを見て見ぬふりできないっつーかさ。

ただでさえ"生きてく"ってだけでも、大変で。

だからこそ皆、求めてしまう。

自分の苦しみや悲しみを、分かち合ってくれる存在を。

喜びや幸せを、分かち合いたいと思える存在を。

自分の傍にいてくれる人を、自分が傍にいたいと思える人
を…。

──…乗りかかった舟、だしな。

知らないから、怖い。

わからないから、拒絶する。

だからせめてコイツが、自分の心が求めるモノが何かわかるまで。

自分の心が悲鳴上げてんだってことに、気づくまで。

もし俺には無理だったとしても、コイツと"分かち合ってくれる"存在が誰か見つかるまでは…。

…そんなことを思う俺はコイツの言う通り、ただの偽善者なのかもしんねぇな。

「俺も一緒に考えっからさ、今はとりあえず飯食おうぜ」

「……」

腹が減っては戦はできぬ。

時間はたっぷりあんだからさ。

俺の言葉に目の前のおっきな子供は、納得してないような渋い顔をしながらも。

その目の奥にあった苛立ちは、ほんの少しだけ…小さくなったように見えた。

簡単なことだよ、とても。

でもそれは、自分で気がつかねぇと意味のないことだから。

一緒に、考えていこうぜ？

♛ ノエルside

寮長室で交わされる会話の中で、自分の同室者が【鈴蘭】
初の外部生であることが知れた。

一般家庭の、庶民の出。

そんなごく普通の育ちの人間が俺に平然と話しかけてくる
のは、俺の"家"の正体を知らねぇからだ。

知ったら早々に俺から離れていく、そう高を括っていた。

だが…

「龍ヶ崎ん家がヤーさん家業してるって、すんげー親切に
教えてくれた」

「…テメェ、"龍ヶ崎"がどういう家か知ってやがったの
か」

「え、うん。だから昨日」

平然と返す、その言葉に。

俺を真っ直ぐ見つめる、その瞳に。

得体の知れない存在に、胸がざわめいた。

一体何なんだ、コレは。この、異質な存在は。

「悪ぃ悪ぃ。お詫びにほら、夕飯ご馳走すっから。な」

俺の恫喝に怯える様子もなく、俺の"家"の存在に尻込み
する素振りもなく。

そうするのが当然のように、俺に笑いかける。

俺の本能が、警報を鳴らす。

138

——コレにはもう関わるな。

——コレは俺にとって危険で異質な存在。

——傍にいれば、きっと俺を破滅させる。

そう、警告してくる。

「お前は、……何だ」

何がしたい、何が目的だ。

苛立つ、言い様のない感情が胸に渦巻く。

わからねぇ、わからねぇ。

蔑みも憐憫も畏怖も怯えもなく、なぜこうも真っ直ぐ俺を
見てくるのか。

「これから先、ずっと一緒に生活していくんだからさ。
"わかんねぇこと"はその中で、1個1個解決してけばい
いんじゃねぇの?」

これから先、ずっと…?

そんなのありえるわけねぇと、俺は頭の中で一蹴した。

偽善者野郎と、内心で嘲った。

それと同時になぜか、苛立ちとはまた違った何かが…。

得体の知れないむず痒い感情が、俺の胸をざわめかせた。

「俺も一緒に考えっからさ、今はとりあえず飯食おうぜ」

その誘いを、俺がはねのけなかったのは。

即座にこの異物を、排除しなかったのは。

何もコイツの持論に、納得したからじゃねぇ。

ただこの時たまたま…腹が減っていたから。

この数日でコイツの飯が意外と食えるもんだということを

第2章 撫子とフラミンゴ　139

知っていて、わざわざコンビニに飯を買いに出かけるのが
面倒臭くなった。

それだけ、ただ…それだけだ。

「んじゃ、いっただっきまーす」

「……」

上がる声に、笑顔に、警報はいまだ鳴っていた。

だが今じゃなくともこんな奴、いつでも追い出せる。

そう自分自身に言い聞かせながら、黒マリモと食卓に着い
た俺は。

胸をざわめかせる感情を誤魔化すように、湯気の上がる鶏
肉に…箸を伸ばしたのだった。

近況報告

黒崎誠、ぴっちぴちの15歳。

身長170cm以上、黒髪茶眼。

周りからよく、男前と言われますが。

性別、正真正銘女の子。

そんな俺が鈴蘭学園に入学して、早1週間が経ちました。

「おはよ～マコっちゃん」

「はよー、トキ」

一色冬樹ことトキと一緒に登校するのが日課になりつつある今日この頃。

スズラン館から校舎まで、寮生全員徒歩での登校です。

んでもって近況報告。

ここ1週間であったイイコトそのいち、ピンク頭なフラミンゴ君と同じクラスになりました。

「い、一色様っおはようございます！」

「お、おはよう一色君！」

「うんおはよ～」

銀杏の並木道を登校中、頬を紅潮させた女の子達が俺の隣を歩くフラミンゴに次々声をかけてくる。

んでもって、俺にはもちろん…

「あの方でしょう？　今年から入った外部生って」

「一色様もお可哀想に、あんな人に付き纏われて…」

…聞こえてるよー。

ぶっすぶっすと背中に刺さる冷た〜い視線。

これも朝の日常の光景となりつつあります、ハイ。

それら陰口を総無視しつつ、トキと喋りながらののんびり登校。

ここ1週間ですっかり見慣れた巨大なお城が視界に入る。

校舎は全部で4階建て。

ツインタワーの"青の塔"と"赤の塔"は、更に2階分高い造りになってる。

1階は職員室や保健室、授業に使う化学室や視聴覚室なんかがあって。

2階から、俺達鈴蘭生の教室になってんの。

2階が3年生、3階が2年生、4階が1年生。

寮と違って1年生が一番上、つーのも階段しかないんでね。

一番たくさん階段上んなきゃいけないのが新入生って、一種の洗礼みたいなもんだよな。うん。

4階、階段上ってすぐ目の前にある教室"1−A"が俺達のクラスです。

んでもって早速ですが、ここ1週間であったイイコトその2に。

なんとなんと…

「あっ誠さん、いっ一色さんも。お二人とも、おはようございますっ」

教室前、パタパタと俺達に近づいてきたのは1人の女の子

第3章　夜桜乱舞　143

だった。

ぱっちりお目々に淡く色づいたピンクのほっぺ、軽くパーマのかかった長い茶色の髪。

150cmあるかないかの小柄な体、そして天使と見紛うほどの容姿をした可憐な美少女。

月岡美里、同じクラスの女子鈴蘭生だ。

そう、なんと俺に念願だった女友達ができたのであります！

「はよ、美里」

「おはよ～」

ほとんどの鈴蘭生が奨学生である俺を敬遠する中、美里は俺にも普通に挨拶をしてくれるいい子で。

おしとやかな生粋のお嬢様って感じで、控えめな笑顔がまじぇんじぇる。

知り合って1週間で名前で呼び合う仲に、うんなかなか順調なんじゃねぇの。

ただまぁ一つ…いや二つほど、問題もあるんだけど。

「また生徒会の仕事か？　朝から大変だな」

「はい、もうすぐ5月ですしイベントの多い時期ですので」

美里の両手には生徒会で使う資料が抱えられていた。

そう、俺に優しい天使は何とあのキンキラキン集団生徒会の会計さんだったのです。

俺達と同じ1年生、つまり入学と同時にこの春会計に任命されたばかりの新人さんらしい。

だから自分はまだまだですっていうふうに美里は謙遜してたけど、いや逆に入学してすぐに生徒会に入るって凄いことなんじゃねぇのって思ったり。

「あんま無理すんなよ美里、俺にできることがあったら何でもすっから遠慮なく言えよ？」

「あ…は、はいっ」

ちょうど触りやすいとこにある美里の頭をぽんぽんっと撫でれば、少し俯きながら頬を赤くして答える美里。

うん、かわゆい。

貴重な癒やしだ癒やし。

生徒会にはあんま近づかない方がいいってまさやんには言われてっけど、美里本人は素直なイイ子だし…。

ぶっちゃけ貴重な女友達獲得のチャンスを逃したくない。

ツートップにさえ近づかなきゃ大丈夫だよな、うん。

「…マコっちゃんってホント、天然タラシだよね〜」

えんじぇる美里を愛でまくっていた俺は、トキがボソリと呟いたことには気がつかなかった。

んなふうに俺が天使との朝の憩いの一時を楽しんでいた…と、その時だった。

「──…月岡っ！」

突然後ろから聞こえてきた声に、美里の頭を撫で回していた手をピタリと止めた。

振り返れば、こっちに駆け足で近づいてくる1人の男子生徒の姿が。

第3章　夜桜乱舞　145

それは黒髪短髪の、若武者みたいにキリッとした顔立ちの
同級生で…
「マ、マロンちゃん」
「何してる、そんなところで油売ってる暇なんかないぞ」
生徒会役員の1人、栗山有司。
美里とは幼なじみらしく、コイツも俺達と同じ1－Aの生
徒です。
んでもって美里と同じくこの春、生徒会書記に任命され
たっていう若武者栗山。
これまたまさやんの忠言が頭を過ぎったけど、えんじぇる
美里の幼なじみだし。
俺としては仲良くできたらいいなって思ってんだけど…
「はよ、栗山」
「……、行くぞ月岡」
栗山は俺の挨拶をそれはそれはキレイにスルーして美里を
促すと、くるりと背を向けて早足で歩き出してしまった。
「あ、待ってマロンちゃん！　まっ誠さん一色さん、それ
ではまたっ！」
「おーう、頑張れよ美里」
ぺこりとお辞儀をして小走りで栗山を追いかけていく美里
に、手を振ってエールを送る。
その時、俺が「美里」って言ったとこでチラリと後ろを振
り返った栗山と目が合ったのは、気のせいなんかじゃない
と思う。うん。

146

えー…近況報告そのさん、この1週間であったのはいいことばかりじゃありませんでした。

「…俺、何かしたかなぁ？」

「う〜ん、どうだろうねぇ」

俺、なぜか栗山に嫌われてるみたいです。

————……

「マコっちゃんウザったくない〜？　その前髪ぃ」

「まぁ、邪魔ではあるな」

昼休み、いちごミルクを飲みながらトキが指差してきたのは俺の前髪だった。

入学して1週間、実はいまだモッサリヘアー継続中の俺であったりしまっす。

つーのも俺が男子寮に住むっつー選択をした時に、しのちゃんが…

『いい、マコちゃん。貴女が女の子ってバレちゃいけないってのはもちろんのこと、絶対他の人にお顔を見せちゃダメよっ！』

今みたいに前髪は下ろしておくことっ！

特に生徒会の子達には絶対にバレちゃダメッ!!

そう言って俺に"前髪モッサリ令"を厳命してきたんだよね。

その勢いに圧されて、理由を聞くことなく素直にコクリと頷いてしまった俺。

入学式会場に入る時にはもうモッサリあげぃんしてたわけ
だから、まさやんと龍ヶ崎以外に顔見られてねぇわけなん
だけど。

念には念をってことで、変装させようってことなのかな
…？

まぁわがまま言い出したのはこっちなわけだから、これく
らいの条件の一つや二つ呑むけどさ。

むしろしのちゃんの苦労に比べたら、顔隠すのも視界がう
ざったいのも我慢できるよ。うん。

「切っちゃえばいいのに〜、それか俺のピン貸してあげよ
うか〜？」

トキの申し出に俺が目を向けたのは、ピンクな前髪をオー
ルバックに留めてる何本もの赤いピン。

ところどころに花の飾りがついたのも交じってて、ただで
さえ目立つその髪を更に引き立ててる。

それでも似合ってるって、なーんかズルいよな。

「ホント、美形って得だよな」

「…マコっちゃん話飛んでる〜」

俺の中では繋がってんのー。

——ヒソヒソヒソ…

「あのオタクまだ一色とつるんでるぜ」

「外部生のくせによくやるよな、いきなり"一色家"に取
り入るなんて」

…だから聞こえてるっつうの。

今は昼休みで食堂に飯食いに行ってる生徒がほとんどなんだけど、まだ教室に残ってるクラスメートもいるわけで。

そういう連中から登校時と同様、悪意の籠もった視線をぶっすぶすと向けられてます。

ちなみに俺のお昼は栄養満点手作り弁当です。

モグモグと、俺は周りから聞こえてくる声を総無視して自分の弁当を黙々と食べ続けた。

そんな俺をジッと見つめるタレ目が、二つ。

「マコっちゃんごめんね～…」

俺の前の席に座りながら椅子ごと振り返って、俺の机の上で組んだ腕に顔の半分を埋めて。

上目遣いに俺を見上げてくるのは、言わずもがなフラミンゴ君。

ちなみに2人揃って窓際の後方、前後の席をキープです。

「お前が謝ることじゃねぇだろ」

「…う～ん」

周りの何やかんやと言う声が俺に聞こえてるってことは、当然常に隣にいるトキにも聞こえてるわけで。

その中で陰口の約3割が、トキと行動を共にしてることへのやっかみ。

へら～とした笑顔とは裏腹に意外と気にしいなフラミンゴ君、話題の的の本人よかダメージ受けてんのコイツ。

周りからちらほら聞こえてくる、"一色様"の声。

この学園で様づけされるのは限られた特別な人間だっての

はさすがにわかりました、コンビニん時のプリンス桐原みたいにさ。

だから周りの自称金持ち集団の様子から、トキん家がただの金持ちじゃねぇんだろうなぁってのは想像がつく。

自分と関わったばかりに悪口言われてる〜っていうふうに、へこみ気味に俺を心配そうに見つめてくるトキ。

男の上目遣いってどうかと思うけど似合っちゃってる辺り凄いよな、このタレ目美形君は。

耳と尻尾があったら完全に垂れ下がっていたであろうトキに、俺は思わず手を伸ばした。

自分の目線より下にあるピンク頭を、そのままうりうりと撫でつける。

「マ、マコっちゃん？」

「言いたい奴等には言わせておけばいいんだよ、つーかお前も入学早々厄介な奴と関わっちまったよな」

にししと歯を見せ笑った俺に、トキは目をパチクリ。

モッサリヘアー継続中で周りからオタクだガリ勉だって言われてる俺なのに、んなのに構う様子もなく入学式からずっと傍にいてくれるフラミンゴ。

そんなダチを大事にせずに他の何を優先しろってんだ。

「俺が、お前と、一緒にいてぇからいるだけだよ。それで多少やっかまれようが屁でもねぇし、外野に何言われようがお前から離れる気は更々ねぇよ」

博愛主義じゃないんでね。

150

有象無象の金持ちチーズよりも気のいいフラミンゴが1羽い
てくれれば俺は十分です、はい。

そんな俺の言葉にトキはしばし固まったあと、机の上で組
んでいた自分の腕の中に顔を全部埋めてしまったのでした。

「…マコっちゃんって、やっぱタラシだぁ」

「ん？　何か言ったか？」

何でもない〜とその状態で首を振るピンク頭なフラミンゴ、
唯一隠しきれていなかった耳が真っ赤っかだったのは俺だ
けが知ってる。

――――……

「ふんふんふーん」

放課後、寮に戻った俺はコンビニで買ってきた新鮮な食材
の調理に取りかかっていた。

別に毎食作らなくても食堂行って食った方が手っ取り早い
し、奨学生ってことで俺の学食や生活費全部免除になるか
らお金とか気にしなくていいんだろうけど。

やっぱもったいねぇじゃん、俺料理好きだし同じものが5
分の1以下の値段で作れるしさ。

それに…

――ガチャッ

「あ、おかえりー龍ヶ崎」

「……」

今はこの人間嫌いな大型犬と、なるべく一緒にいたいから

第3章　夜桜乱舞　151

ね。

「龍ヶ崎、晩飯どうする？　まだ食べてねぇんならもうすぐカレーできっけど、一緒に食うか？」

昨日から仕込んでおいたルーに水足して、新鮮野菜を入れてコトコト煮込むこと15分。

黒崎家秘伝のなんちゃってインドカレー、完成です。

「龍ヶ崎辛いの平気か？　俺カレーの甘口ってダメでさー」

特に返事を期待することなく。

けどまだリビングにいるのを確認しつつ。

小皿に移したカレーを一口味見。

うん、やっぱカレーはこうピリッとスパイスの効いたのがいいよな。

「ほら、食おうぜ」

「……」

リビングの入り口でじっと立ち往生している大型犬に、声をかける。

あれから1週間、ひとまず俺は餌付け作戦を決行中です。

学校始まってから龍ヶ崎と朝夕寮室以外で顔合わせる機会ねぇしさ、コイツあんま喋んねぇからどこのクラスかもわかんねぇし。

でもまぁ…

「あ、やっぱうめぇ。すげぇよなここのコンビニ、名古屋コーチン売ってんだもん。俺カレーに名古屋コーチン使ったの初めてだよ、すんげぇ贅沢しちゃった」

「……」

一緒に飯を食えるようになっただけでも、大した進歩だよね。

やっぱ人間不信のわんちゃんには餌付け作戦が有効だよね、うんうん。

「俺ナンにカレー付けて食ったことねぇんだよね、美味そうなんだけどさすがにナンは作れねぇし。龍ヶ崎は？　ある？　ナン食ったこと」

「……ああ」

「まじ？　やっぱパンに付けて食うのと違ぇの？　ナンって」

「………別に」

ちょっとずつだけど会話もできるようになってきてるしね。

まぁこれを会話と呼べるのかは別として。

んでもって実は、無口な同室者との関係の変化はそれだけじゃなかったりして…

──ジャー…

──がちゃ、がちゃ

「ほい、コレで終わり」

「……」

キッチンの流し場、水を切った皿を俺は隣にいる大型犬に手渡した。

それを布巾を持った龍ヶ崎が、乱雑な様子でグイグイと拭いていく。

第3章　夜桜乱舞　153

何と何と、ここ1週間でこの同室者君と一緒にご飯を食べるようになった他に食後の後片付けも一緒にするようになったのでした！

これって結構な進歩なんじゃねぇの。

はい拍手、パチパチー。

最初は借りは作らねぇとかなんとか言って、一緒に飯食べんのを渋ってた同室者だったけど。

いち、食費の半分を出す。

にぃ、後片付けを手伝う。

ってことで折り合いがつきました。

つっても冗談半分の提案だったんだけどね、龍ヶ崎がおっけー出した時は驚いたよ。

だって誰かの手伝いとかしなさそうだしコイツ。

台所に立つ姿すら想像できなかったもん。

そんな驚きが顔に出てたのか、俺の視線に気づいた龍ヶ崎は舌打ち交じりにボソリと呟いた。

『……勘違いすんじゃねぇ、あそこに行くよりマシってだけだ』

あそこってどこよ？ って言われた時は思ったけど。

トキに連れられて一度だけ行った寮の食堂、そこで美形なタレ目フラミンゴに向けられていた視線の多さを思い出して何となく合点がいきました。

ヤーさん顔な龍ヶ崎だけど顔立ちは結構整ってて。

タッパもあるから否が応でも周りから注目を集めるだろ

うって想像つくわけで。

食堂に行って向けられる不特定多数のウザい視線とウザい俺1人とを天秤にかけて、ギリギリこっちを選んだってとこかな。

うん、龍ヶ崎の心理を把握できつつある辺り結構優秀なブリーダーなんじゃねぇの俺。

はい拍手、パチパチパチー。

まぁそんなわけで、一緒に飯食った日の食後の後片付けが、俺と龍ヶ崎の初めての共同作業になったわけです。

ちなみに俺が皿洗い、龍ヶ崎が皿拭きな。

うん、なんか…

「新婚さんみてぇだな、俺等」

──バリンッ！

俺の何気ない呟きに、横から聞こえた破壊音。

見れば、持っていたお皿をそのまま真っ二つに割っちゃった龍ヶ崎が。

…握力だけで割ってる辺り、やっぱただ者じゃねぇよコイツ。

「…何してんだよ、お前」

「っ、テメェが…！」

「うん、ちょっと冗談言っただけだし。んな嫌がることねぇじゃん。それよか手出せ、両手」

俺を睨み付けてくるヤクザ男をなだめつつ、その両手を取って一応怪我してないかチェック。

第3章　夜桜乱舞　155

…うん、大丈夫そう。

「気をつけろよ、陶器で怪我すっと治りにくいからさ」

「……」

そんな俺の行動に一時フリーズしたあと、何とも言えない複雑な表情を浮かべた大型犬。

されるがままになってた両手を、思い出したようにバッと振り払う。

うん、強面なヤクザ男で可愛げなんて皆無なんだけど。

こーゆーところが俺の何かを擽んのかね。

皿洗いも終わったし、割れたお皿も新聞紙に包んでポポイとゴミ箱へ。

よしっあと片付け完了。

リビングにある時計を見るとただ今の時刻、8時ちょい過ぎ。

風呂入って準備したら…うん、ちょうどいいかな。

「あ、龍ヶ崎」

「…あぁ？」

ドアノブに手をかけ、自室に戻ろうとする大型犬を寸前で呼び止める。

…心なしか眉間の皺が増えてるように見えるのはなぜでしょうか。

でも一応言っとかないとね。

「これから俺、ちょっと出かけるからさ。帰んの遅くなるかもしんねぇけど、気にしなくて大丈夫だから」

この大型犬が俺のことを心配するとは思わねぇけど、同室
者だし一応マナーとしてね。
言い終えた俺はキッチンへ戻ると、カレーを作った時に一
緒にこしらえておいたおかずをタッパーに移し始めた。
残ったのは明日の昼飯に加えよっと。

「………おい」

「…ん？」

ふと背後からかかった声。
声の主はもちろん、今まさに自室に戻らんとドアノブに手
をかけていた大型犬。
珍しいなコイツから話しかけてくるなんて、どしたんだろ。

「何、龍ヶ崎？」

「……」

…いや、話しかけたんならお前から何か喋ろうぜ。
俺エスパーじゃねぇから、さすがに眼力で念送られただけ
じゃわかんねぇよ。

「何？　どうしたの？」

「……」

俺は龍ヶ崎が警戒しないであろう距離まで歩み寄ると、そ
のヤーさん顔を見上げた。
自室じゃモッサリ前髪は上げてるんで。
自然と上目遣いになっちゃうのはしょうがない。
だってコイツでけぇし、身長差20cm近くあんだもん。
これが俺じゃなく美里やトキなら、ちょー似合うんだろ

第3章　夜桜乱舞　157

「どこ行くんだ」

うけどさぁ……、ん？

「…え、今何て？」

「………」

え、何今の。何か聞こえなかった？

不思議に思ってキョロキョロと周りを見渡していれば、その空耳はなんと目の前の男の口から聞こえてきて…

「…だから、どこ行くんだっつってんだろうが」

少しイライラした様子で、眉間に皺を寄せながら。

借金の取り立てに来たような表情の龍ヶ崎に、俺は開いた口が塞がらなくなっちゃいました。

──ペタリ…

「……何してやがる」

「え、熱ないか測ってるの」

だってさだってさ。

龍ヶ崎から俺に話しかけてくるだけでも珍しいのにさ。

ましてや言ったセリフが、夜遊びする娘に眉をしかめつつ心配してるお父さんみたいな…。

普通の人が言ったらただの何気ない質問だけど、龍ヶ崎が言うと意味が違ってくるわけよ。

だから念の為に額に手をペタリと当ててみた。

「…うん、ちょっと熱っぽい？」

「テメェの手が冷てぇだけだろうが」

ぺしりっと手を払われる。

確かにさっきまで水仕事してたけど。

何はともあれ、んなふうに龍ヶ崎が俺のことを詮索してくんのは初めてのこと。

もしかしたらマジで心配してくれてんのかもしんない。

言った本人に自覚があるかどうかは別として。

これも初日からは考えられない進歩だよな。

俺が1人感慨深げにうんうん頷いていれば、しびれを切らした龍ヶ崎に再び声をかけられた。

「…っおい！」

「あっごめんごめん。えっとねー…、俺もどこ行くのか知らねぇんだけど」

何だかちょっぴり嬉しくて。

質問されて答えるっていう普通のことに、何だかそわそわして。

調子に乗った俺は、また余計な軽口を一つ零してしまったのでした。

「しいて言うなら、デート？」

ヘラリと笑った俺に対し、龍ヶ崎の握るドアノブがミシリと軋んだ音を立てた。

第3章　夜桜乱舞　159

ちゃりんこデート

『今夜10時、駐車場に集合だ。遅れんじゃねぇぞ、クロ』

男前な笑みを浮かべるまさやんにそんなデートのお誘いを受けたのは、コンビニ帰りに寮長室に寄り道した夕方のこと。

まぁデートってのは冗談で、ただちょっと夜桜見に出かけるだけなんだけどね。

4月も下旬、桜の見頃ももう終わっちゃうってことでまさやんに夜桜茶会に誘われたわけ。

明日は土曜だから学校も休みだし。

どこに行くのかまだ聞かされてねぇんだけど、まさやん曰くちょー穴場スポットらしい。

待ち合わせ時間の5分前。

俺は駐輪場前にいたまさやんに手を振りながら、トテトテと近づいた。

「まさやん、お待たせ」

「来たかクロ。お、前髪上げていいのか?」

「さっき上げたとこ、誰にも見られてないから大丈夫」

自室や寮長室じゃお気に入りのヘアピンで前髪上げてる俺ですが、それ以外はモッサリ前髪を継続中。

俺が人前じゃモッサリ前髪でいることを知ったまさやんが、不思議そうにその理由を尋ねてきたのは少し前のこと。

変装ですと言うわけにもいかず、どう答えようか悩んでいた俺の頭に思い出されたのはしのちゃんが前髪モッサリ令を厳命してきた時に言ったセリフで…

『何か、生徒会の奴等には顔見られない方がいいって言われて…』

『ああそりゃ俺も理事長に賛成だ、特に上の２人にゃその顔は見せねぇ方がいい。桐原の目に留まりゃあ漏れなくアレの耳にも入る、お前の顔はアレの好み…いや何でもねぇ。とにかくそのままでいとけああそうしとけ』

うんうんうんうん！と。

全力でしのちゃんの意見に賛成した男前寮長に、またしても素直にコクリと頷くしかなかった俺。

偶然にも、プリンス桐原とコンビニで遭遇した時も入学式に出た時もモッサリ前髪のままだったから。

俺の素顔知ってんのってまさやんと龍ヶ崎くらいなんだけど、生徒会…特に上の２人に顔見られちゃダメって一体何でまた…

『会長は気に食わない奴には容赦なくって〜。男女問わず、ぼっこぼこにリンチしちゃうってこととか〜』

…やっぱ、トキの言ってたアレなのかな。

俺、ボコられる可能性があるってことなのかな。

ここの生徒会長ってのが、いわば学園のドンみてぇなもんだってのはわかってるんで。

庶民が俺様の学園をうろついてんじゃねぇ！って感じで、

第３章　夜桜乱舞　　161

目ぇ付けられる可能性があるってことなのかな。

ただ俺も、売られた喧嘩は買っちゃう方なんで。

ガン付けられたら目ぇ逸らさず、睨み返す方なんで。

さすがに生徒会長相手にガンの飛ばし合いから殴り合いの喧嘩に発展しちゃったら、問題になっちゃうよな。

しのちゃんもそんな俺の性格わかってて、目が隠れるよう前髪モッサリ令を発動させたってことなのかな。

「でもやっぱ周りからの視線ちょーウゼぇ、言いたいことあんならコソコソせずに面と向かって言えっつーの」

「抑えろ抑えろ、それも最初のうちだけだ。この学園の奴等は移り気だからな、あと少しすりゃ "ミュゲーの祭日" の方に興味が逸れるだろうよ」

…？　みゅ？

まさやんの発したワードが初めて聞くもので、俺はそれが何かわからず首を傾げた。

「その話はまたあとでな、ほら出発すんぞ」

寮に併設された駐輪場。

この学園ってかなり広いから、移動の手段として原付やバイクを所有してる生徒も結構いんだって。

まさやんの愛車を始め、数十台の高そうなバイクや原付が並んでる。

そんな中まさやんが駐輪場から出してきたのはいつも愛用してるバイク、ではなく…

「……ちゃりんこ？」

「そ、チャリンコ」

ちりんちりん、と。

全体的にクリーム色で、ハンドルやサドルやペダルが淡い
ピンク色をした何とも可愛らしい自転車でした。

自分のバッグと俺の荷物をカゴに入れたまさやんは、そん
なファンシー自転車に跨がると…

「さ、行くぞ。後ろに乗れクロ」

男前な笑顔を浮かべ、親指でクイッと後ろを指差した。

…そんな姿も様になって見えるのは俺の贔屓目かな、やっ
ぱ。

「おぉー、風キモチー」

「落ちんなよクロ、しっかり掴まってろ」

ちゃりんこでチリンチリン行くこと、早10分。

春の夜風はまだ冷たいけど、風呂上がりには心地いい。

一応整備された道みたいけど電灯はなく、周りは森。

ちゃりんこのライトと、銀の月明かりだけが頼りです。

俺はまさやんの肩に掴まりながら、なるべく立ち乗りの体
勢を保っていた。

突然ですが、男の子として過ごすに当たって俺には気をつ
けないといけない問題が二つあった。

一つ目は"トイレ"、いくら男子生徒の格好をしてるから
といってあの男子特有のポーズは俺にはできないわけで。

ただこの問題は割かし簡単に解決。

男子トイレにも個室はあるからそっちを利用しております。

頭を悩ませたのは二つ目の問題、そう"胸"。

慎ましやかなもんだけどね、一応付いちゃってるわけよ。

俺の体格や言動から女って思われる心配はまずないんだけど、胸を直に触られたり見られたりしたら即アウトなわけ。

まぁ服越しじゃそんなにわかんねぇから、初めはあんま意識してなかったんだけど…

『マコっちゃ～ん』

『バ、ちょっいきなり抱きつくな！』

スキンシップ激しいのがいるんだよね、1匹。

トキに抱きつかれるたびにヒヤヒヤ、思わず胸を庇う変な格好になっちゃうんだ。

これじゃヤバいってことで頭を悩ませていた俺が持ってきた荷物の奥から見つけたのが、道場の稽古の時に身に着けていたサラシ。

着けねぇよりはマシだよなってことで、今は何枚かあるサラシをローテーションで使ってる。ちょっと面倒だけどこればかりはしょうがない。

潰すほど胸ねぇじゃんっつーヤジは聞きません聞こえません。

でも今夜は失敗。

風呂入る時サラシ外してそのままだったや。

間違えてスポーツブラしてきちゃったよ。

いやー、うっかりしてたや。

──…でもま、まさやんがトキみてぇに抱きついてくることもないだろうし。

俺から抱きつかないよう気をつければオッケーだよね、うん。

というわけで俺はまさやんの肩に手を乗せて立ち乗り状態継続中、春の夜風を受けてちゃりんこデートを満喫してるわけです。

──ちりんちりん…

うん、キモチー。

「こっからは少し歩きだ、暗ぇから足元気をつけろよ」

「はーい」

自転車を停めたのは、木々が生い茂る森の手前。

よく見れば蔦が這ってる古びた鉄柵の門がひっそりと佇んでいた。

時折風の音や動物か何かの声が聞こえてきて、少し…不気味。

門の向こうには雑草の茂った山道が続いていて、左右には深い森が広がってる。

そんな山道に慣れてる上級者なまさやんの足取りは軽いんだけど、何分俺は初心者なもので…

「…まさやん、手ぇおっきいね」

「はは、そっか？」

まさやんに手を引っ張ってもらいながら、夜道を進んでる俺だったりします。

第3章 夜桜乱舞　165

大丈夫か？って言って、手を差し出してくれた男前寮長さん。

さりげなく歩幅を合わせてくれるとこに、まさやんのモテ要素が垣間見れる。

──…俺にお兄ちゃんがいたら、こんな感じかなぁ。

一人っ子あるあるなその妄想。

地元のヤンチャなガキ連中が集まった"チーム"には同年代の奴等が結構いたけど、年上年下関係なく"仲間"って意識が強かったし。

チームん中じゃ俺古株だったから、まさやんみたいなお兄ちゃんタイプは俺にとっちゃ新鮮で。何だかちょっぴりそわそわ。

そうしてだんだん闇に目が慣れて、目の前に十数段の緩やかな石段が見えてきた頃だった。

振り向いたまさやんが、悪戯っぽい笑みを浮かべたのは。

「目ぇ瞑れ、クロ」

「え？」

きょとんと首を傾げる俺にまさやんはフッと笑うと、繋いでるのとは反対の手を俺の目にかざして…

「今からお前を違う世界に連れてってやっからよ、大人しく俺に身を預けとけ」

「…！」

フェロモンむんむんな男前なセリフと共に、俺に目を閉じるよう促したのでした。

恥ずかしげもなくキザなセリフを言ってのけるまさやんの
男らしさに、思わず俺の頬もちょい赤くなっちゃいました。
「…まさやん、ちょーキザ」
「うるせぇ」
笑うまさやんの声を聞きながら、言われるがまま俺は目を
閉じたのだった…。

　　　サラ

　　　　　　　サラ

　　　サラ

　　　　　　　サラ

「──…ほわぁ」
再び目を開けた時、広がる幻想的な光景に俺は感嘆の声を
上げた。
まるで薄い布が幾重にも重なったような、淡く光るレース
カーテンのような。
圧倒的な美しさを前に、俺はその場に立ち尽くしてしまう。
俺とまさやんの目の前に、悠々と姿を現したのは…
「すっげー…きれー…」
「だろ？　樹齢四百年のしだれ桜だ、ここまで大きいのは
日本でも相当珍しいぜ」
視界いっぱいに広がる、桜の花の海だった。
石段を上って開けた野原、その中央に佇んでいたのは大き

第3章　夜桜乱舞　　167

な1本のしだれ桜で。

風に枝を揺らし、サラサラと花びらの雨を降らせている。

しな垂れた枝に咲き誇る桜の花が、月に照らされてカーテンみたいに俺とまさやんを優しく包んでくれてるようだった。

「すっげぇキレイ、本当別世界に来たみてぇだ…。まさやん凄ぇよ、俺こんな大きな桜初めて見たっ！」

「そんだけ喜んでもらえりゃ何よりだ」

目をキラキラと輝かせながらふんすふんすと鼻息荒く興奮する俺を、微笑ましげに見つめるパッキン寮長。

まさやんは持ってきたバッグの中からレジャーシートを取り出すと、しだれ桜の根元に敷き始めた。

ランタンタイプの携帯電灯の明かりを点ければ、まるで桜のテントの中にいるようで。

「ほら来いクロ、夜桜茶会の始まりだ」

「イエッサー！」

さあ、楽しい楽しいお花見の解禁です。

「これが牛肉の春キャベツ巻きで、こっちの梅肉ソース付けて食べてな。筍入りのつくねに、横のはマダコのマリネ。あとはアスパラベーコンにー、ほうれん草入りだし巻き卵にー…」

「……すげぇな」

2人用シートの上いっぱいにお手製おツマミを広げる俺を、感心深げに見つめるまさやん。

それぞれ量は少しずつだけどな、彩りも考えつつ一辺倒に
ならねぇよう味付けも変えてある。

我ながら張り切っちゃったよね。

もちろん紙コップや紙皿、割り箸も忘れずに用意しており
ます。

そんな俺の準備万端な様子とドヤ顔に、まさやんはおツマ
ミと俺の顔をマジマジと見つめたあと…

「お前が女だったら、ぜひとも嫁さんに欲しいタイプだな」

「……うん、ありがと」

至極真面目な顔で冗談を言うまさやんに対し、俺は一瞬ど
う返していいか迷いました。

ちょっと前までなら同じこと言われたら、声を大にして訂
正してたけどね。

こう見えて俺ってばナチュラルボーン☆ガールなんだぜ！
ってね。

「っと、次は俺の番だな」

まさやんが持参した荷物からゴソゴソ取り出したのは、
ペットボトルに入った飲み物と四角い白い箱。

その箱を前にシートの上で思わず正座。

どきどきワクワク胸が高鳴る。

「桜のマカロンに、ミニ苺パフェ。洋酒をたっぷり利かせ
た生チョコタルト、春のフルーツ添えだ」

「ふぉぉぉ…！」

箱の中にところ狭しと詰められていたのは、まさやんセレ

第3章　夜桜乱舞　169

クト春爛漫スイーツでした。

俺のツマミと同じくどれも小振りなサイズだけど、箱の中で宝石のようにキラキラと輝いていた。

わたしが一番美味しいわよ！　いいえわたしよ！と、そんな幻聴が聞こえてくる。

「ああもうヤバい、美味しすぎる」

「ハハ、まだ食ってねぇだろ」

「想像で食べてみたら美味かった」

キリッと真顔でそう言った俺に対し、まさやんはそれはそれはおかしそうに笑い声を上げたのだった。

特に何をするわけでもない。

桜見ながらツマミやスイーツを食べてまさやんとお喋りする、ただそれだけ。

ただそれだけだけど、俺のテンションは上がりまくり。

同じ敷地内だけど寮や学校から離れた、こんな幻想的な場所に連れてきてもらったらそりゃ気分も開放的になる。

「まさやん、それなーに？」

「こりゃ俺用だ」

そんな中、まさやんが自分の紙コップにトプトプと茶色の瓶を傾けてるのが目に止まる。

ラベルを見れば、何とも達筆な文字で"本格純米焼酎"の表示が。

…まさやんといい龍ヶ崎といい、学園の敷地内で堂々とアルコールを所有してんのはいかがなもんかね。

「学校で飲酒とか不良だ不良ー、誰かに告げ口されたら停学になっちゃうよ。でも一口くれんなら、いい子な俺は黙っててあげなくもないよ」

「そりゃあ何とも良心的な共犯者だな」

紙コップを差し出した俺に、まさやんは笑いながら一口分だけ注いでくれた。

手の中のそれをクンクン嗅いで、舌先でチロリ。

アルコール特有のカッとくる強烈な味にうげっと舌を出しそうになるも、まさやんの手前グッと堪える。

15歳、ちょっぴり背伸びをしたいお年頃なのです。

酒そのものの味はよくわからないけど、風味は好きだし。

料理にもよく使うからさ。

「新入生歓迎会?」

「そ」

ジュース片手におツマミとスイーツを交互に食べながら、たまにクンクンと酒の匂いを嗅ぎながら。

しだれ桜に包まれて俺達が交わす話題、それはまさやんがさっき言ってた"ミュゲーの祭日"のこと。

「フランスはパリの祝日でな、5月1日に鈴蘭の花を贈って相手の幸福を願うっつー風習があるんだ。"ミュゲー"ってのはフランス語で"鈴蘭"っつー意味、そのミュゲーの祭日に新入生歓迎会をやるってのが代々続く【鈴蘭】のイベントの一つなんだ」

「へー」

第3章 夜桜乱舞　171

そんなのあんだ、初耳です。

そういや最近、クラスの奴等が男女問わずソワソワしてた
ような気がするかも。

イベントの多い時期だから大変だっつって、美里も忙しそ
うにしてたし。

ただミュゲーの祭日が何かはわかったけど、その新入生歓
迎会に実際何をやるのかピンとこなくて。

小学校の頃、歓迎遠足で山や川に行ってお弁当食べたりし
た思い出はあっけどクラスメートのあの様子から普通の歓
迎会って感じじゃなさそう。

「まぁ何だ、簡単に言うとプチ社交界みてぇなもんだな」

「ぷち？」

「ああ、【鈴蘭】は将来日本を背負って立つっつっても過言
じゃねぇ連中の集まりだ。この世界じゃ家柄同様、個人の
ネットワークがものを言う」

ふむ、なるほど。つまり…

「新入生歓迎会は、そのネットワークを培う格好の社交場っ
てこと？」

「てことだ」

よくできましたと言わんばかりに、俺の頭を撫で撫でする
まさやん。

それを甘受しながら生チョコタルトをパクりと一口、リ
キュールの風味が鼻に抜けていく。

「ぷっ、クロお前…」

「？　何？」

俺の顔を見て、なぜか噴き出すパツキンさん。

まさやんは少し身を乗り出すと、俺に向かって右手を伸ばしてきて…

「ついてんぞ」

「っんぅ？」

人差し指で俺の口元をクイッと拭ったのでした。

まさやんの指たらあらびっくり、生チョコついてんの。

はっ恥ずかし、俺ちょー子供みてぇじゃん。

「さんきゅ、まさや…」

お礼を言おうと口を開いた俺は、まさやんを見た瞬間一時停止。見事に固まっちゃいました。

だって…

「あ？　どうした？」

だってだって！

まさやんってば、人差し指についた生チョコを何の躊躇もなくそのままベロッて舐めちゃったんだものっ！

「っなんて破廉恥さん！」

「は？」

なんて無自覚さん！

さすがの俺もドキッてしちゃったよ。

よくよく話を聞けばまさやんは一人っ子らしいんだけど、親戚にチビッコがいっぱいいるらしく。

親戚同士で集まる時なんかは、よくその子達の相手してん

第3章　夜桜乱舞　173

だって。

なるほど、だからまさやんって兄貴気質なのか。

ザ☆歩く無自覚ふぇろもん兄貴、命名ですね。

そんな男前なまさやんに当てられたのか、何だか頬がぽっぽしてきた俺。

それを誤魔化すように、リキュールの利いた生チョコタルトをまたパクリと頬張ったのでした。

「マジで美味しいコレ、寮のコンビニで売ってるスイーツじゃないよね？　外で買ってきたの？　どこの店のやつ？」

「あー…何だ、寮長特権使って独自ルートで仕入れたもんで一般には販売されてねぇんだコレは」

「何その特権、羨ましすぎる」

そんなふうに満開のしだれ桜に癒やされながら、まさやんとわいわいお喋りを満喫した。

けど楽しい時間はあっという間に過ぎていって、かなりの名残惜しさを感じつつも本日の夜桜茶会はお開きになった。

「おいクロ、足元気をつけろよ。こけるぞ」

「へーきへーき」

るんっと軽くスキップをしながらまさやんの先を進む俺は上機嫌。

少しふわふわしてるのはアルコールの影響でしょうか。

【鈴蘭】初の奨学生っつー肩書きを背負って乗り込んだのは、想像してた以上の金持ち校で。

ここ最近ずっと続いてた見世物パンダ状態のせいで、自分でも気づかないうちにストレスが溜まってたのかもしれない。

でも…

「ありがとまさやん、ここに連れてきてくれて。俺めちゃ元気出た」

くるりと振り返って、えへへと締まりのない笑顔。

男前寮長さんと綺麗な桜のお陰で、胸がスッキリと清々しい。

月曜日からまた頑張れる気がする、うん。

俺のお礼の言葉にまさやんは目を瞬かせると、フッと男前な笑みを浮かべながら「またいつでも連れてきてやるよ」と言ってくれたのだった。

んなふうに身も心も浮かれまくってた俺は、まさやんの心配通り足元が疎かになってしまっていたのでした。

──ズルッ

「ふおっ!?」

突如、ガクンッと身体が下にずれる。

ふわりと浮遊感、前方不注意だった俺は野原から下りる石段の一歩目を踏み外してバランスを崩してしまう。

やべ落ちるっ、と。

襲い来るであろう衝撃に受け身を取ろうと身構える。

しかしそんな俺を一足早く救ってくれたのは、太く逞しい男前寮長さんの腕だった。

第3章 夜桜乱舞　175

――ガシッ

「～ったく、言わんこっちゃねぇ」

「…あっありがとまさやん」

後ろからグンッと抱き寄せられ、俺の身体はまさやんの腕の中に。

パツキン兄貴さんの咄嗟の行動によって、俺は石段をすってんころりんせずに済んだのでした。

あっ危なかったぁっと。

ホッと息を吐いた俺はしかし次の瞬間、カチンと全身を強張らせることになった。

――むにゅ

……あ。

後ろから回されたまさやんの腕。

俺を抱き寄せるその手が、小さくも柔らかな"モノ"を掴む。

背後から、不思議そうなパツキン寮長の声が聞こえた。

「？　クロお前、胸んとこに何入れ…て……」

むにむにと手を動かしていたまさやんは、自分で言ったセリフに俺以上にガキンと固まってしまう。

そして一拍の空白のあと、大袈裟にバッ！と腕が離された。

ゆっくりと後ろを振り返れば、少しつり目な目をこれでもかと見開く男前寮長さんがそこにいた。

自分の手の平と俺の顔とを、交互に見つめる。

「おっおま、お前…！」

困惑、驚愕、動揺。
ぐるぐると混乱する中、まさやんは顔を真っ赤にしながら
ふるふると震える手で俺を指差したのでした。

「——お、女あああ!?」

まさやんの絶叫が、【鈴蘭】の山に木霊した。

目覚めの鐘

黒崎誠、ぴっちぴちの15歳。

自分のことを当たり前のように"俺"なんて言ってますが。

銭湯の女湯に入れば例外なく二度見されますが。

性別、紛れもなく女の子。

そんな俺はただ今、スズラン館1階にある太陽寮寮長室に
て絶賛事情聴取中だったりします。

「…その、何だ。お前は何か事情があって女であることを
隠して、男のふりして【鈴蘭】に入学してきたとか…そん
な感じなのか?」

日付もとうに変わった深夜、二人きりの寮長室。

ローテーブルを挟んで向かい合う形でソファーに座る俺と
まさやん。

頭を抱えて1人で考えていた男前寮長さんが、しばらくの
沈黙のあと、そう言って話を切り出した。

それに目をぱちくり、俺はふるりと首を横に振る。

「ふりって俺の口調のこと?　ううん、これは素」

「はあ⁉」

驚きの声と共に少しつり目の目が見開かれる。

わけわからん、とその顔がありありと語っていた。

一方の俺は何から話そうかと悩みつつ、指で頬をポリポリ
掻きながら口を開いた。

「えっと、ちょっと俺の話聞いてくれる？」

俺は小さい頃からずっと母さんとの二人暮らしだった。

そして母さんが働きに行って一人になることが多かった俺の面倒を、一番見てくれてたのが三鷹さんだった。

当時ヤンチャ期真っ盛りだった三鷹さんはかなり強いチームの初代総長をやってて、俺はそのチームの溜まり場によく連れてってもらってたんだ。

「その溜まり場じゃ、周りがほとんど男ばかりだったんだよね」

その上チームのみーんな口が悪かった、いわゆるヤンキー語ってやつ。

それに影響されて自然と自分のことを"俺"って言うようになって、言動にも男っぽさが染みついていった。

三鷹さんや初代メンバーが抜けたあとも俺はそのチームによく顔を出してたから、年を追う毎に"俺"って言うくせも抜けにくくなっていって男っぽい言動もますます板についていった。

ちなみにヤンキーのお家芸巻き舌だってお手のもんだったり。

「だから、昔から何かと男に間違われることが多くってさ」

「…いやちょっと待て、いくらお前の言動が男っぽいからっつっても書類上は女だろうが。何でその女のお前の入寮許可証が、俺の方に…男子寮の方に送られてきたんだよ？」

「どっかで手違いがあったみたい」

第3章　夜桜乱舞　179

よくあるんだよねー。バイトの履歴書に女性って記入していても男として採用されちゃったりとか。

学園に出す書類にもちゃんと"女"に丸をして、何度も確認して送ったんだけどさー。

「…つまりは、だ。お前は正真正銘歴とした"女"で、それを別に隠していたわけでもなくて、太陽寮には事故で入寮しちまったってことか？」

「ちまったってことです」

俺の頷きに、まさやんはまた頭を抱えてしまった。

「言え！　俺に！　気づいた時点で言え！　入寮から1週間以上経ってんじゃねぇか！　何でそのまま男子寮に居着いちまったんだよ!?」

「…言ったよ、俺。入学式の日に『こう見えて女なんだよね』って、まさやんに」

ちょっぴり不貞腐れた声が出た。

そんな俺の反論にまさやんが目を瞬かせる。

けどすぐに俺の言っていたことを思い出したんだろう。

あっ…と口を開けた状態のまま固まってしまった。

「俺、男がエロ本をベッド下に隠す理由少しわかった。他に置いとくとこねぇもん、あんなお色気お姉さんのお胸たわわな表紙の雑誌」

「いや…！　なんだ…！　すまん、あの時は俺も徹夜明けで疲れてたっつーか…！　てっきりその、遠回しにそっちの意味で言ってるもんだと…！」

180

哀愁を漂わせる俺に、今度は申し訳なさそうに項垂れたまさやん。

ただこれに関しちゃまさやんばかりを責められない。

あの時は俺も悪かったし、男子生徒の制服着て訪ねるとか紛らわしい真似しちゃったし。

手っ取り早くその誤解を、言葉じゃなく行動で解いてもよかったんだけど…

「今回まさやんにパイ揉みされたみてぇにおっぱい見せるか触らせるかすりゃ一発なのは俺もわかってたんだけど、んな痴女行為はなるべく控えたかったしさー」

「パ…!?　おっ女がそんな言葉使うんじゃねぇ！」

顔を赤らめながら叱るパッキンロン毛さんに、口をウサギさんマウスにしながら畏まる。

けどそのあとおもむろに「…わりぃ」と謝ってきた律儀なまさやんに、大丈夫だよ気にしてないよフォローを入れておいた。

怒鳴ったことに対しての謝罪じゃないのは言わずもがな。

そりゃちょっとの気恥ずかしさはあっけど、ふわふわしてた酔いも吹き飛んだけど。

まさやんが助けてくれなきゃあのまま石段を転げ落ちてたかもだし、アクシデントパイ揉みの件はもう気にしてませんです。はい。

「入学式の日は俺も時間なかったし、あとでまた赤いスカート姿見せてまさやん驚かせようって思って言わなかったん

第3章　夜桜乱舞　　181

だよね。けどあのあとに、今は月城寮に空き部屋がないって聞いて。俺こんなだし、だったら男のままここで生活しても支障ないかなぁって思って」

「んな、能天気な…」

あっけらかんと語る俺に、まさやんは呆れのため息を吐いた。

太陽寮に残った理由には男版アマテラスな同室者の存在もあるんだけど、今それはお口チャックの方向で。

だって決めたのは俺だから。

誰のせいにも、したくないから。

「黙っててごめん、まさやん」

「いや、…」

ペコリと頭を下げて改めて謝罪。

まさやんは腕を組み、情報を整理するように難しい表情でジッと考え込んでしまう。

そんな男前寮長さんを見つめていた俺は、内心不安と緊張が渦巻きながらも意を決して口を開いた。

「やっぱ退学かな？」

「……あ？　退学？」

「だって、いくら太陽寮に入寮したのが事故だったとは言ってもさ。そのまま黙って居着いちゃったのは俺の勝手でしたことだし、…お咎めなしってわけにはいかないでしょ？」

段々と言葉も尻窄みに。

覚悟していたことだとはいえ、たった1週間ちょっとで

182

【鈴蘭】での生活が終わりを迎えてしまうことになろうとは。

推薦人になってくれた三鷹さんや、わがままを叶えてくれたしのちゃんに対して申し訳ない気持ちでいっぱいになる。

それと同時に2人に極力迷惑がかからないようどうにか自分で落とし前をつけなきゃと、俺はグッと畏まりながらまさやんからのお裁きを待ったのでした。

「……」

沈黙がその場に流れた。

チクタクと時計の針が時を刻む音だけが耳に響いた。

そんな中まさやんは片手でガシガシと後頭部を掻くと、ジッと俺に真剣な眼差しを向けてきたのだった。

「長い歴史のある【鈴蘭】に今年初めて奨学制度が導入された、お前はその第1号だ。入学してまだ1週間と少しだとは言え、すでに男として定着しちまった噂の奨学生が実は女だったなんてことが判明すりゃ大問題になる」

「うん」

「それだけじゃねぇ、お前の退学だけじゃなく奨学制度の早期撤廃だってあり得る話だ。噂じゃ元々、制度の導入にゃ反対の声も多かったみてぇだしな」

「…うん」

そうなったら、推薦人の三鷹さんや理事長のしのちゃんの顔に泥を塗ることになる。

やっぱりここは俺が自主退学をして、女だってことが広ま

第3章 夜桜乱舞　183

る前に学園を去るしか…。

「だがそれもこれも、俺の胸の内に収めちまえば済む話だ」

「…？」

最初、何を言われたのかわからなかった。

きょとんと目を瞬かせて、まさやんを見る。

けどその意味するところをじわじわと理解した俺は、次第に目をキラキラと輝かせた。

え、あ、うそ。

まっまさか、まさか…！

「おっ俺が女ってこと、黙っててくれるの？　このまま太陽寮に住んでいいの？」

「入学式の日にお前の話をよく聞かなかった俺にも非はあるしな、こうなりゃ一蓮托生だ。それに…」

まさやんは途中で言葉を切ると、どこか照れ臭そうに片手で首の後ろを擦った。

そして仕方なさそうにフッと息をつくと、男前な笑みを向けてきて…

「俺もこのままお前に会えなくなっちまうのは、寂しいしな」

「…！」

まさやんは全然悪くないのに、自分の非を認めて俺の負担を軽くしようとしてくれてる優しさに。

この学園のほとんどの生徒が俺の"秘密"を知れば非難するだろうに、味方になってくれるという男気に。

184

そして俺とのお別れを惜しんでくれる言葉に、胸がきゅる
るん！と熱くなる。
「～っ、まさやんっ！」
「どわっ！」
感極まった俺が、ローテーブルを挟んで向かいに座るまさ
やんに両手を広げて抱きついちゃったのは、致し方ないこ
とだと思う。
ぎゅうぎゅうとハグする俺に少し慌てながらも、苦笑交じ
りにポンポンと頭を撫でてくれたまさやんはやっぱり男前
でした。
それから俺は男気溢れるパツキン寮長さんと共に、今後の
注意事項と対策について朝まで語り明かしたのだった。

第3章　夜桜乱舞　　185

半田side

『そのまま黙って居着いちゃったのは俺の勝手でしたことだし、…お咎めなしってわけにはいかないでしょ？』
そうクロは言っちゃあいたが、あの理事長がこの件を知らないはずもねぇ。
すでにクロからこの学園の理事長とは古くからの付き合いだっつーことは聞いていた。
つまりコイツの性別を、知っているということで。
寮長っつー役職柄、あの人とは何度か電話のやり取りをしているがクロの話題になると途端に嬉しそうな口調になっていた。
理事長本人は抑えて話しているつもりだろうが、言葉の端々にクロのことを本当に大切にしているのが感じ取れた。
クロのことだ、ちゃんと理事長には話を通してるんだろうって想像がつく。
俺にも一言、"理事長の許可は貰った"って言やあ済むことだろうに…。
学園内の最終決定権は、理事長にある。
その理事長が決めたことなら、少なくとも俺は文句は言えねぇさ。
だがこんなことが明るみになれば、【鈴蘭】初の奨学制度を導入した新米理事長の立場は悪くなるだろう。

最悪、生徒会の連中と鈴蘭後援会の爺共が手を組めば理事
長解任もありえない話じゃねぇ。

――…わざとか無意識か。あの人に迷惑かける前に、自分
で落とし前をつけようとしてんのかねコイツは…。

いくらでも言い逃れできるだろうに。

味方である理事長の力を以てして、俺に口を閉ざすよう圧
力をかけることも可能だろうに。

そんな方法なんざ全く思いつきもしない様子で、大人しく
俺からの断罪を待つ後輩。

それが何だかいじらしく、俺はクロが喜ぶであろう約束を
口にしたのだった。

「～っ、まさやんっ！」

「どわっ！」

ローテーブルを飛び越えて抱きついてきたクロを何とか受
け止めつつ、喜びを全身で表す姿に苦笑が零れる。

そうしてぎゅうぎゅうと俺を抱き締めていたクロだったが、
ハタと何かに気づいた様子で眉を八の字に下げながら俺の
顔を窺ってきて…

「あっでも、あのさ。もし万が一俺のことがバレちゃった
時にさ、まさやんに迷惑かかったりしねぇかな？」

寮長ってことで変に責任とか問われたりしねぇ？　大丈
夫？

そう言葉を続け、心配そうな顔で俺を見つめる後輩。

ホント、コイツは…

第3章　夜桜乱舞　187

「バカ、他人のことより自分の心配しろ」

「…まさやんは他人じゃねぇもん」

そう言って口を尖らす後輩は、普段の男っぽさが抜けて年相応な"女の子"に見えた。

俺は笑みを一つ零すと、その頭をあやすようにポンポンと撫でる。

「クロが俺のことを他人じゃねぇっつーように、俺もお前をほっとくなんて真似できねぇよ。手のかかる弟…いや妹か、みてぇなもんだしな」

俺のセリフに、クロはぱちくりと瞬き一つ。

目を少し下へ落とすと、「いもうと…」とポソリと呟いた。

と、次の瞬間…

「…へへ、ありがとまさやん」

嬉しそうに、頬を桜色に染めながら。

はにかんで笑うクロを見た、その刹那。

『リ〜ンゴ〜〜〜ン』

──…あ？

俺の頭の中で、何かの鐘の音が高らかに鳴り響いたのだった。

留守番わんこ

土曜、午前6時。

朝の肌寒さが残るこの時刻に…

——ピッ、ガチャ…

「…ただいまぁ」

黒崎誠、学園生活初の朝帰りです。

寮長室で紅茶片手にまさやんと今後の対策について延々話
し込んだあと、朝食を食べに出てくる他の鈴蘭生に見られ
る前に自室へと帰還した。

シン…とした玄関、小声で呟く俺に返ってくる声があるは
ずもなく。

ちょっと警戒していた俺は、ふうっと肩の力を抜いたので
した。

まさに夜遊びして朝帰宅した不良娘の心境。

だって出かける時にすんげー仁王立ちして睨んできてたも
んで、あの大型犬。どこか様子がおかしかったもんで。

玄関に立って待ってたらどうしようかと思っちゃったよ。

けどま、普通に考えりゃ龍ヶ崎が俺にそこまで干渉してく
るなんてことありえねぇよな。うん。

——…つーかよかった、バレたのがまさやんで。

玄関で靴を脱ぎながら思うのは、つい数時間前の大ピンチ。

ホント、マジで焦ったし。

第3章 夜桜乱舞　189

学園生活1週間で退学とか、シャレになんねぇし。

ただ実のとこ、退学っつーのは二の次だったんだけどね。

それよりも何よりもちょー不安だったのが、俺が女だって知ったまさやんがどう思うのかってことで。

【鈴蘭】に入る前も、『えっお前女なの？　騙されたー！』的なことよくあったし。

それ以来なんかよそよそしくなったり、…逆に過剰なスキンシップをするようになった奴もいるけど。

でもまさやんは勝手に太陽寮に住み着いた俺を責めることもせずに、本当の性別を黙ってたのだって怒ってもいいのにそうせずに…

『——手のかかる弟…いや妹か、みてぇなもんだしな』

いもうと…。

「ふひっ」

おっといけない。

思わず顔がにやけちゃったよ。

一時は崖の底に叩き落とされる覚悟をした俺は変わり身早くるんるん気分で、リビングへと続く扉を開けたのだった。

しかし俺はリビングに足を一歩踏み入れた途端、ピタリと固まってしまうこととなった。

思わず、目をパチクリ。

なぜなら、そこには…

——スー…、スー…

ソファーで横になって就寝中の、りゅーがさき君がいたか

らで…。

俺は足音を立てないように近づいて龍ヶ崎の前にしゃがみ込むと、そっとその寝顔を覗き見た。

コイツって寝る時も眉間に皺寄せてんのな。

じいと観察して思ったのは、まずそのこと。

むむむって感じに皺寄せて、目瞑ってなかったらヤーさんのガン飛ばし顔そのものだよコイツ。

思わず俺は、その眉間を人差し指でタッチ。

グリグリグリ、皺を伸ばそうと試みる。

ピクリと身体を反応させた大型犬はやはり起きることはなく、難しい顔のまま夢の中だ。

リビングのテーブルの上には、空の缶ビールが何本も置かれていて。

いくつかある空のタッパーは、作り置きしておいたおかずを入れていた物で。

基本食事の時以外部屋に籠ってるか外出してるかどちらかで、龍ヶ崎がこんなふうにリビングで寛いでいるなんて珍しいことだった。

…いや、これは寛いでんのか？

毛布もなしにソファーで眠る凶悪犯顔の大型犬は、とてもリラックスしているとは言いにくい。

もしかして、俺を待ってたとか？

いやいや、ないない。

一瞬俺の頭にお留守番をするワンコの絵が浮かんだけど、

第3章　夜桜乱舞　191

すぐさま否定。

待てのポーズを取るワンコな龍ヶ崎のイラストは笑えるけど、リアルに実物を想像してみたらちょい不気味だったよ。

単に晩酌してたんだよなコレ、つか高校生が晩酌って…。

しばらくそのヤーさん顔を観察していた俺は、龍ヶ崎の身体がまさにワンちゃんのそれのようにぶるりと震えたのに気づいた。

「おい龍ヶ崎起きろ、このままじゃまた風邪引くぞ」

肩を軽く揺さぶってみるも、むーっとした眉間の皺が増えるだけで龍ヶ崎が起きる気配はない。

んー、しょうがねぇな。

とりあえず毛布でも持ってきて、上から被せ…

──グイッ

「っのわ!?」

ドサッ…と。

眉間をグリグリしてた手をいきなり引っ張られて倒れ込む。

それと同時に何とも暖かな物体が俺を包み込んで…

「…龍ヶ崎？」

「……さみ、ぃ」

俺の呼びかけに、耳元から声が。

グルグルと野生の獣が喉を鳴らすような寝息交じりに聞こえた、「寒い」の一言。

うん、それはわかったよノエルちゃん。

でも、だからって何で…

──ぎゅ～～～っ

何っで俺を抱き込んじゃうかなっ!?

つか苦しい苦しい！　胴回り締めすぎだっつーの！

俺の今の状態は、まさに冬場の湯たんぽそのもの。

ソファーの背と龍ヶ崎の間に挟まれて横たわり、サンド
イッチ状態で身動きが取れない。

ひとまず自分の腰に回された腕をペチペチと叩いて、大型
犬の覚醒を促した。

「おーい龍ヶ崎、おーきーろー！」

「……ぅ」

──ぐりぐりぐり

…あらまどうしよ、この大型犬。

多分寝ぼけてる？　てか完全に寝てる？

龍ヶ崎ったら、俺の肩に顔を埋めるって感じで頭を押し付
けてきてんだけど。

まさにアレだよね、ワンちゃんがご主人様に甘える時のあ
の感じ。

完全無意識だよね、このワンコ。

無意識っつーか、本能？

子犬や子猫が押しくらまんじゅう状態で寝てるみたいに、
完全に俺で暖を取っていやがりますよね。

まぁその行動を可愛いかもしんないとか思っちゃってる俺
も、どうかと思うけど。

はあ、仕方ねぇなー…。

第3章　夜桜乱舞　193

──スー…、スー…

──さわさわさわ

腰のホールドを解くのを早々に諦めた俺は、片手で龍ヶ崎
の黒髪をゆるく撫でつけた。

1週間ぶりとなる大型犬の毛並みは、相変わらず触り心地
抜群だ。

うん、てかさ…

「…ふあー」

俺も眠いかも。

大型犬さまさまな龍ヶ崎の高めの体温にうとうと、大きな
アクビを一つ。

まさやんと夜通し話し合ってたから寝不足で。

んー、やばい。もう結構限界かも。

「あー…起きた時文句言うなよノエルちゃん、俺に責任はぁ
…ねぇかんなー…」

ごそごそ、と。

聞こえてないだろうけど一応俺は、覆い被さってる大型犬
に念押しで言葉をかけると。

そのホールドが許す範囲でモゾモゾと動き、念の為に胸元
で両腕をクロスしておっぱいをガードしつつ、ベスポジを
見つけて龍ヶ崎の懐に収まったのでした。

👑 ノエルside

『あはは、デートってのは冗談だけどまさやんに花見ナイトに誘われたんだ。明日土曜だし、ちょっと行ってくんな』

別に、アイツが誰とどこに行こうと俺には関係のねぇことだ。

関係のねぇことだが、なぜか…ムカついた。

他人のペースをことごとく掻き回しておいて、自分はふらっとどっかに出かけやがるエセオタクに。

俺に近づいて俺の周りをうろついておいて、あっさりと離れていくマリモ頭に。

ここ最近収まっていた苛立ちが、再び俺の中を支配しだしていた。

と言ってもそれは、以前のような頭の中をごちゃ混ぜにされるようなウザったいものじゃねぇ。

単に、そうただ単に…イラつく。

「──チッ」

なぜ自分がそう感じるのかわからずに、俺は舌打ちを一つ。

冷蔵庫のドアを開ければ、そこにはここ1週間ですっかり変貌を遂げてしまった光景が広がっていた。

酒と水しか入っていなかったそこには、同室のアイツが買ってきた肉や野菜、飲み物や調味料なんかで充実していて。

第3章 夜桜乱舞　195

作り置きのおかずの入ったタッパーが、いくつも重ねて置かれていた。

全くその機能を活かせていなかった冷蔵庫は、今や生活感の溢れるものに…。

何気なくタッパーの一つを手に取ってみりゃ、蓋に鳥の形をした付箋が貼ってあるのが目に止まった。

"筍入りつくね→このままでもよし、レンジで1分半チンするともっとよし！"

…そのメッセージは、明らかに俺へ向けられたもの。

他のタッパーにも同様に、色違いの鳥型の付箋とメモが添えられていた。

冷蔵庫のドアを開けたまま、俺はそのメモ紙を前にしばし固まる。

…何だ、これ。

すげぇ、ムズムズする。

言いようのないむず痒さに俺はグッと顔をしかめながらも、なぜか先刻まで俺の中を支配していた苛立ちは収まっていて。

俺はいくつかタッパーを適当に選ぶと、缶ビールを片手にリビングでそのまま晩酌を始めたのだった。

が、しかし…

──チッ…、チッ…、チッ…

時刻は午前1時、いまだに同室者が帰宅する気配はない。

あのエセオタクの交友関係をとやかく言うつもりはねぇし、

逆にアイツが俺の私生活に口を出してくることだってねぇ。

が、しかしだ…

『ちょっ！　ヘッヘルプ龍ヶ崎！』

思い出されるのは、1週間前の寮長室での光景。

アイツ、一度襲われかけたの忘れてんじゃねぇだろうな。

半分事故みたいなもんだったとはいえ、半田の野郎が男も

いけるってのはわかってるはずだ。

わけのわからない苛立ちとなぜか焦りにも似た感情が湧い

てくる中、俺は冷えたツマミを肴に本日3本目となる缶

ビールをあおったのだった。

そして、今現在――…

「……」

「…ぅん、んー…」

…一体何なんだ、この状態は。

ふと目が覚めて最初に俺の視界に入ってきたのは、いつか

見た黒い藻のアップだった。

一瞬自分がどういう状況にいるのかわからず、ガチッと固

まってしまう。

が、その黒い藻がモゾモゾと動き出したところでようやく

現状を認識し始めた。

自分の腕の中で、同室のエセオタクが寝こけてやがるっつ

ー状態が。

ソファーに男2人が密着しながら、横になってるっつー現

状が。

第3章　夜桜乱舞　197

何でこんなことになっているのか。

わけがわからなかったが、とりあえず俺は間近に見える黒い藻に声をかけたのだった。

「おい、起き…」

──スリスリスリ

「…ろ」

俺が起きたことで密着していた身体が離れ、そこに冷気が入ったらしく。

寒さからエセオタクは小さく震えると、俺との隙間を埋めるように俺の首元へとすり寄ってきた。

…俺は今度は別の意味で、ガチッと固まったのだった。

腕の中のそいつは少し唸って身じろぎするとちょうどいい場所を見つけたようで、再び寝息を立て俺に寄り添ったまま寝続けた。

それまで無意識に止めていた息を吐き出した俺は、そこでようやくあることに気がついたのだった。

「……あ？」

自分の両腕が、同室者の腰にしっかりと回されているということに…。

思わず舌打ちしそうになったのを、寸前で呑み込む。

自分の取った行動が何となく…全くもって覚えてねぇが何となく、想像がついたからだ。

──すぅー…、すぅー…

「……、」

腕の中の存在から、壁際の時計に目を向ける。

つい数時間前まで、起きていた記憶がある。

どうやら俺はこの同室者が戻ってくる少し前に、そのまま
ソファーで眠ってしまったらしい。

毛布もなしにリビングで寝るなんざ、身体が冷え切ってて
もおかしくねぇはずだったが。

俺の身体は、温かいままだった。

本来なら、気づいた時点ですぐに腕の中のそいつを放り投
げるべきだった。

それが俺にとっちゃ、正常の反応だった。

男が男を抱き込んで眠るなんざ、それこそ寒い以外の何も
のでもねぇ。

だが俺は、腕の中であどけない顔で眠るそいつを…なぜか
叩き起こすことができなかった。

──くぅー…、すぅー…

その顔をそっと、覗き見る。

邪魔な前髪は横に流してピンで留められている為、いつも
は隠れている小綺麗な顔が露わになっていた。

意志の強そうな瞳は伏せられていて、ガキ臭ぇ寝顔がそこ
にあった。

…当たり前か。ガキ臭ぇも何も、ガキなんだ。

自分と違ってコイツはついこの間まで、中坊だったんだ。

俺に対する物怖じしねぇ言動から忘れがちだが、幼さが残
る寝顔を目の前にして。

第3章 夜桜乱舞　199

不意にその事実が思い出され、布越しに伝わる体温に俺は
肩に込めていた力を少しだけ抜いたのだった。
再び俺を襲う正体不明のむず痒さに、なぜか放り出すこと
のできない腕の温もりに。
音には出さず、胸の中で舌打ちを一つ。
そうして俺はそれらから目を背けるように、同室者を腕に
閉じこめたまま再び瞼を閉じたのだった。

あと少しだけだ。
コイツが起きる、その寸前まで。
放り出すのはそれからでも、遅くは…ねぇ…。

第4章　ミュゲーの祭日

どんなに上質な獲物の肉でも
空腹が満たされるのはほんの一瞬
それでも構わねえ
内側に潜む、この獣の餓えを
少しでも満たすことができるのなら
ああ、どれでもいい
早く、食い殺しちまいてぇ

前日前夜

時が流れるのは早いもので、今日は4月も終わりの30日。

新入生歓迎会、前日となりました。

「明日の為にフランスのデザイナーに依頼して最高級のドレスを仕立てましたの」

「きゃあ素敵！　これなら生徒会の方々にも…！」

「何としても桐原家と繋がりを…」

「それより三鷹様だろ！　何てったってあの方は…」

学校全体が浮き足立つ中、我らが教室1-Aでもその浮かれ具合が見て取れた。

まさやんとの夜桜茶会から、1週間と少し経った今日。

ミュゲーの祭日を明日に控え、クラスメートはその一大イベントに心を躍らせておりました。

それらを横目に俺とトキは窓際の自分の席でまったり。

有意義な休み時間を過ごしております。

「んなに気合い入れるもんなの？　新歓って」

「ん～、特に1年はね。生徒会とか風紀委員とかと接する機会が少ないから、これを機にコネを作ろうとする人が多いんだよ～」

「ふーん」

まさやんから粗方聞いてたけど。

この熱気を目の前にすると、改めて「金持ちって…」って

呟きたくなっちゃうよな。

でもまぁ…

「俺には全く関係ねぇけどな」

「あは〜、俺もぉ」

同調するトキに、俺はつと首を傾けた。

トキが周りのクラスメートみたいに、コネ作りに奔走する
タイプの奴じゃないってのはわかってたけど。

ちょっと沈んだ声のトーンに、疑問を覚えたからだ。

トキはそんな俺に気がついたようで、いつものゆる〜い笑
みとは違う少し寂しそうな笑顔を浮かべた。

「あ、言ってなかったっけ〜？　俺〜今日の夕方から明日ま
でちょっと実家に帰らなきゃいけないから、新歓は不参加
なんだ〜」

「…実家？」

そ〜なのぉ、と。

そう頷いて、飲みかけの苺ミルクをちゅうちゅう吸うトキ。

その顔にはやっぱりどこか、憂鬱な色が浮かんでいて。

…家に帰んのイヤなのかな？

トキの家がどんなとこか、いまだに知らない俺だけど。

周りの奴等のトキへの対応から、一色家ってのがそれなり
に力のある家なんだろうなぁって予想はしてる。

これまで何度か、「トキん家って何してんの？」って聞こ
うとしたこともあったんだけど…こんな顔されちゃな。

フラミンゴ本人は気づいているのかいないのか。

第4章　ミュゲーの祭日　　203

"家"の話とかその周辺の話題になると、ちょい苦い顔に
なるんだよねコイツ。
笑顔なのは変わらないんだけどさ。
ソレ目的で近寄ってくるクラスメートに対しても、いつも
やんわりかわしてるし。
まぁ人には触れてほしくないことの一つや二つ、あるのが
普通だけどな。
関係ねぇからいいけど。
あ、"俺が"じゃないよ。俺とトキの関係に"トキの家が"
関係ないってことだからね。
そこんとこお間違えなく。
「よかったじゃん、新歓出なくて済んで」
「…うん、そうだね〜」
あまり人混みを好まないトキだから。
それはこの数週間一緒に過ごす中でわかってきたことなん
で。
俺は励まし半分、話題を逸らすの半分の気持ちでトキにそ
う言ったのでした。
「あ〜、でもマコっちゃんに会える日が1日減るのは嫌か
も〜」
「……」
可愛いことをゆる〜い笑顔で自然に言ってのけちゃうフラ
ミンゴ君に、俺のハートがきゅんってなっちゃったのは仕
方ないことだと思います。

両手が言うことを聞かず、そのピンク頭をうりうりと撫で
回しちゃったのも同様です。ハイ。

「で、お前はどうすんだクロ？」
「ん？」
放課後、ところ変わって太陽寮寮長室。
まさやんに女の子ってバレちゃってから、より一層俺は寮
長室に入り浸るようになりました。
そんな俺にまさやんは嫌な顔一つせず毎回絶品お茶菓子を
振る舞ってくれて、今日もしっとりフワフワバームクーヘ
ンを堪能中です。
「このしっとり加減が堪んないね、こんなの出されちゃっ
たらもうメロメロだよ」
「ありがとよ、…じゃなくてだな」
俺がバームクーヘンを絶賛する中、隣でその様子を見てい
たまさやんは苦笑を一つ。
最後の一切れをパクリ、紅茶を一口ゴクリ。ふぅと満足し
た俺は、ようやくまさやんへと顔を向けたのでした。
「どうすんだって、明日の新歓参加すんのかって意味？」
「１年はよっぽどの理由がねぇ限り強制参加だろ、俺が
言ってんのは明日は正装必須っての覚えてんのかって意味
だ。お前、スーツやタキシードなんか持ってねぇだろ」
あ、何だそのことか。
「しのちゃんに貸してもらう予定だから大丈夫」

第4章　ミュゲーの祭日　205

まさやんの案じた通り、俺はパーティー用のスーツなんか
1着も持ってなくて。
けどしのちゃんにメールで相談したら用意してくれるって
ことで、明日少し早めに理事長室に行って借りる予定に
なっていた。
「そっか、ならいいんだ。俺が1年の頃に使ってたスーツ
貸そうと思ってたんだが、いらぬ世話だったみてぇだな」
そう言って笑いながら俺の頭をポンポンと撫でてくれた男
前なまさやんの気遣いに、俺が胸キュンしちゃったのは致
し方ないことだと思う。
――…い、…や
「…ん？」
そんなふうにまさやんの優しさに癒やされていたその時、
不意に俺の耳を何かの物音が掠めた。
きょろきょろ辺りを見るも、俺とまさやん以外寮長室に誰
かいるはずもなく、気のせいかなと首を傾げる。
不思議がってる俺に気づいたまさやんが、苦笑いを浮かべ
ながら立ち上がった。
「あー…ちょうど駐輪場の隅で5匹固まってんのを見つけ
てな、先生やら事務員やらが貰い手になってくれたんだが
まだ1匹余っちまっててよ」
来い来いと手招きをするまさやんに誘われるがままに、寮
長室に隣接する仮眠室へ。
静かにゆっくりと開かれた扉。

その先にいたものに俺はパチクリと瞬きを一つ零したあと、キラキラと目を輝かせた。

ゆっくりと腰を落として、その場にしゃがみ込む。

そうしてもなお見下ろさなければならない視線の先、そこにいたのは…

「…にゃんこ？」

──みぃ！

真っ白な毛並みの、ちっさいちっさい子猫だったのでした。

──……

「まさやんが言うには、生まれて2ヶ月くらいだろうって。周辺を捜してみたけど親猫の姿もなくて、途中で育児放棄しちまったか死んじまったかのどっちかだろうって言ってた」

「……」

そう説明しながら俺はキッチンの戸棚から手頃なサイズの小皿を取り出すと、まさやんから貰った子猫専用ミルクを注いで、いそいそとリビングに向かった。

スズラン館太陽寮2083号室に帰宅したのが、ついさっきのこと。んでもってリビングには、ソファーに座って腕を組んで何やら難しい顔をしてるノエルちゃんの姿があったりする。

龍ヶ崎がむっすりと黙ってるのは、晩ご飯の支度がまだで腹ぺこりんだからっていう可愛げのある理由からじゃない。

第4章 ミュゲーの祭日　207

ヤーさん顔な同室者が今日も眉間に皺を寄せてる理由、それは…

「はいにゃんこ、いっぱい飲んで大きくなれよー」

——にぃ！

リビングのテーブルの上で可愛らしい鳴き声を上げてる、マシュマロボディな子猫の存在が原因だったりします。

テーブルの上で小皿に顔を突っ込んで、てしてしとミルクを飲む姿に俺の口元もでれでれと緩む。

マジで可愛い、癒やされる。

ちんまりにゃんこに俺はもうメロメロです。

「にゃんこの目、左右で違うんだよね。何て言うんだっけこれ、オットセイ？」

「…オッドアイだろ」

俺の疑問にむっすり不機嫌そうな顔をしながらも、ようやく口を開いた大型獣。

そっかーオッドアイかーと返しながらも俺の視線は子猫に固定、マシュマロにゃんこのつぶらな瞳は右が青色で左が金色のお目々になっていた。

手の平にすっぽり収まるサイズの女の子、真っ白い毛はフワフワで俺の心を掴んで離さない。

マジでかーわーいーいー。

「……一体何なんだ、この白マリモは」

「だからマリモじゃなくてにゃんこだって、マシュマロ寄りの」

「そういうことを聞いてるんじゃねぇ、テメェまさかそれ
を…」

──にゅう

「あ、にゃんこお腹いっぱい?」

お食事終了の子猫を抱き上げて口を拭ってやれば、にぃと
鳴いて俺の鼻をペロリと舐めるマシュマロにゃんこ。

思わず胸きゅん、えっ何このトキメキ。

青と金のつぶらなお目々、俺を悩殺してやまないマシュマ
ロボディ、胸に広がるこのトキメキ。

ハッ、もしやこれが噂に聞く恋ってやつじゃ…

「聞・い・て・ん・の・か・テ・メ・ェ」

「聞いてますです」

ノエルちゃんの額に青筋がピキリと浮いたのを目にした俺
は、すぐさまその場に正座して背筋を伸ばした。

本日もヤーさんフェイスは絶好調、マジ恐し。

さっきからずっと機嫌の悪い龍ヶ崎くんは俺をギロリと一
瞥すると、スッと人差し指を上げて…

「テメェ、まさかそれ飼うつもりじゃねぇだろうな」

俺の膝の上でお行儀よくちょこんと座ってる、マシュマロ
子猫を指差したのでした。

その言葉に、パチパチと瞬き。

龍ヶ崎を見つめ、膝の上のにゃんこに目を落とし、再び顔
を上げるとヘラリと誤魔化すような笑みを浮かべたのだっ
た。

第4章　ミュゲーの祭日　209

「えへっ、ダメかなノエルちゃん？」

「ダメに決まってんだろうが！」

同室者からの即答に、やっぱりかと俺はへにゃんと眉を下げることになったのでした。

「ハイハイ俺飼いたい！」とにゃんこの里親に立候補した俺に、まさやんはガシガシ後ろ頭を掻きながら困ったように教えてくれた。

というのも、寮でペットを飼うのはちゃんと申請さえすればオッケーとのことなんだけど。

ただ同室者の許可が必要で、同意がなければ勝手に飼うことはできないって話で…

「見て見てノエルちゃん子猫だよマシュマロだよ渇いた貴方の心を癒やしてくれる真っ白にゃんこだよ、こんな美人さんには滅多にお目にかかれないよ」

「…うぜぇ」

「ほら見て見てこの肉球プニプニだよピンクだよ、今ならこの肉球パンチが朝の爽やかな目覚めをいざなって…」

「う・ぜ・え！」

リビングのソファーで炭酸を飲みながらテレビを観始めた龍ヶ崎、その隣に俺は移動して、子猫の魅力を盛大にアピールし始めた。

マシュマロにゃんこの前足を招き猫ポーズにして龍ヶ崎を誘惑してみるも撃沈、目も向けちゃくれない。

やっぱワンコとにゃんこって相性悪いのかなぁと思いなが

210

ら俺が首を傾ければ、それを見上げてた白にゃんこも一緒
に首を傾けてみぃと鳴く。

あー胸きゅん、どうしてこんなに可愛いんだろ。にゃんこ
の為にもここで諦めるわけにはいかないよな、うん。

「世話は俺がすっからさ、トイレもちゃんと躾けるしなる
べく俺の部屋で飼うようにするからさ」

お願いお願いと懸命に言い募れば、ようやくチラリとこっ
ちに目を向けてくれた龍ヶ崎。

この機を逃してなるものかと、子猫と共に俺はズイッとノ
エルちゃんに顔を近づけた。

「ほらほらこんな小っさいんだよ、このまま貰い手が見つか
らなかったら野良で生きていくことになるんだよ。子猫1
匹じゃ生きていけないよ餌も取れないから餓え死にしちゃ
うよ、野犬や野鳥の餌食になっちゃうよ。そしたらノエル
ちゃん祟られちゃうよにゃんこの祟りは怖いんだよ猫じゃ
らし見たらじゃれずにはいられなくなっちゃうんだよ」

「っ、近ぇ！」

接近した俺とにゃんこから逃げるように、ソファーを立っ
た龍ヶ崎。

若干頬が赤く、そしてゲンナリしてるように見えるのは気
のせいか。

「っ、」

「あ、ノエルちゃんウェイト！」

龍ヶ崎は俺を一睨みすると、足早に自室へと向かってし

第4章　ミュゲーの祭日　211

まった。

ガチャリとドアを開けて自室に避難せんとする後ろ姿を見て、俺はソファーの上で一人しゅんと肩を落とした。

ああ、何てこった。

説得は失敗、にゃんこの魅力を伝えきれなかったよ。

しょんぼりしながらマシュマロ子猫の頭を撫で撫で。かと言ってノエルちゃんに言ったみたいに、本当ににゃんこを外に放り出すなんて真似、できるはずもない。

まさやんと一緒に飼い主募集のビラでも撒くしかないかなぁと俺が考え始めた…と、その時だった。

「……ハァ、」

ふと前方から、小さなため息が聞こえて…。

って、え？　ため息？

ガバリと顔を上げれば、龍ヶ崎は自室のドアを中途半端に開けた状態のまま、顔だけこっちを振り返ってジッと俺とにゃんこを見つめていた。

何かを思案するような眼差しに、俺とにゃんこの背筋がピョコンっと伸びる。

あ、どしよ。今の俺の目、爛々と輝いてる気がする。

頬が期待でピンクに染まってきてる気がする。

そんな俺の様子を見たノエルちゃんは目線を逸らすと、どこか苛立たしげに舌打ちを一つ。

プラス、また小さなため息を一つ。

そして…

「…俺の部屋に入れんじゃねぇぞ」

こちらに背中を向けたまま、小さく呟いたのでした。

注意してないと聞き逃してしまうぐらいの、小さなそれ。

でもそのセリフはバッチリしっかりと俺の耳まで届いて…

「～っ、ノエルちゃん愛してゆっ！」

「ブッ!?　気色悪ぃこと言うんじゃねぇ！って抱きつくな
エセオタク!!」

感極まった俺はソファーから飛び上がると、両手を広げて
後ろからノエルちゃんの腰にぎゅうう！と熱烈ハグをお見
舞いしたのだった。

「にゃんこ名前何にしようか？」

──みぃ

「……ハァ、」

こうして俺と龍ヶ崎プラズマシュマロにゃんこっつー、2
人と1匹の共同生活が始まったのでした。

そんなふうにマシュマロ子猫の可愛さにでれでれと頬を緩
めて浮かれきってた俺は、まだ気づいていなかった。

ただでさえ騒がしい学園生活を更なる波乱へと突き落とす
足音が、すぐ背後にまで迫っていたことを。

狂った喜劇の幕が、静かに上がろうとしていたことを──
…。

第4章　ミュゲーの祭日　213

♛ノエルside

——にぃ！

「……あ？」

風呂上がり、リビングに足を踏み入れれば甲高い鳴き声が
足元から聞こえた。

下にはいつの間にか足にへばりつく白マリモが1匹、うご
うごと両手足を動かしながら俺の身体を上ってきていた。
コイツが拾われてきてから繰り返される謎の行動に眉を寄
せていれば、キッチンからこちらの様子をどこか和やかな
顔で見ていたもう1匹の黒マリモと目が合う。

「にゃんこは龍ヶ崎を大木か何かと勘違いしてんじゃないか
な、それかジャングルジム…いやこの場合猫タワーか」

「……どうでもいいこと言ってねぇで、どうにかしろコレ」

うごうご、うごうご。

短え足を動かしてスウェットのズボンを這い上がってくる
白マリモ、その爪が俺の足に直接刺さることはなかったが
煩わしいことこの上ねぇ。

飼い主である同室者に抗議の目を向けりゃ、わざとらしい
真顔を作ったそいつが一言。

「あと5cmで新記録だから龍ヶ崎も応援してやって」

「シバくぞテメェ」

「冗談冗談、けど俺今ちょっと手ぇ離せないから龍ヶ崎の

方からこっち来て」

不良と称される連中でも顔を青くし目を逸らす俺の凄みに
も、同室のエセオタクはけらけらと笑うばかり。

その時キッチンからコンロの音が聞こえ、微かに甘辛い匂
いが鼻を掠めた。

すでに晩飯も済ませた時間帯にもかかわらず一体何を作っ
ているのか、少しだけ気になった俺は足元に白い藻をへば
り付かせたままキッチンに近づいたのだった。

「はーいにゃんこ、龍ヶ崎くん登頂プロジェクトは今日は
ここまで。また明日頑張ろうねー」

──にぅ

勝手なリベンジ宣言をしながら、両手でひょいっと簡単に
白い藻を引き剥がす。

白マリモの頭に顔を寄せ、猫可愛がりっつー言葉を体現し
たようにスリスリと頬ずりをする同室者。

そして前髪をピンで上げて露わになった二つの茶色の瞳が、
俺を見上げる。

「つーか普通に掴んで剥がせばいいのに、お豆腐じゃない
んだからちょっと触ったくらいで壊れたりしないぜ？」

「……」

嫌だったなら自分で引き剥がせばいい。

もっともな主張をされ、思わず渋い顔になる。

別に、触れねぇわけじゃねぇ。

ただ一度掴もうとした時に白い毛の中に自分の指が予想以

第4章　ミュゲーの祭日　215

上に沈んで、反射的に手を引っ込めて以来どうにも…触り
づらくなっただけだ。
そんな俺の反応をどう思ったのか、エセオタクはなぜか俺
の手を取って手の平を上向きに返すと白い藻を乗せてき…
て……
「っ、おい！」
「あと少しでこっち終わるからちょっとだけ見ててやって、
火い使ってる時ちょろちょろされると危ねぇからさ」
俺の手の中に白マリモを残し、コンロの前へ。
グツグツ、グツグツと音を鳴らす小振りな鍋の中を箸でつ
つく。
その後ろ姿と手の中の白い藻を、交互に見やる。
ふわふわと手の平を刺激する生き物の存在に、手に力を込
めることも中途半端に手を差し出した状態のまま動かすこ
ともできず。
堪らず文句を言おうと口を開くも、それより先に小皿と箸
を手に持った同室者が再びこっちに顔を向けた。
「龍ヶ崎、ちょっと味見してみる？」
「あ？」
「牛肉のしぐれ煮、お前肉好きだろ？　ほら」
目の前に湯気がかかる。
ふわりと鼻孔を擽る、肉の匂い。
すでに腹は満たされていたが口の中にじわりと唾液が滲み、
食欲を刺激した。

が、しかしだ。

「……」

「？　ほら、あーん」

俺の口元に、箸で挟んだ肉を近づけるエセオタク。

当たり前のように差し出された箸に固まっていれば、そいつは不思議そうに首を傾げながらも俺を促す。

あーん、なんざ。普通、男が男相手にやることじゃねぇ。

何キモい真似してんだと、普通なら嫌がる場面だったがなぜか嫌悪感は湧かず、代わりに例のむず痒い感情が俺の胸をざわめかせた。

それを誤魔化すように内心舌打ちを零しながらも、退かない箸に俺は仕方なく口を開けたのだった。

「、」

肉は思いの外柔らかく、噛むと同時に口の中が肉汁で溢れた。

醤油と砂糖の混ざった甘辛い味が口に広がり、生姜の風味が鼻に抜けていく。

早々に肉を食べきってしまった俺の一方で、エセオタクも同様に小皿に取った肉を自分の口に運んでいた。

…俺に食べさせたのと、同じ箸で。

「……おい、テメェ」

「ん？　何？　あ、味薄かった？　ノエルちゃんはもっと濃い方が好きだよね」

「…ちゃん言うんじゃねぇ」

第4章　ミュゲーの祭日　217

これまで俺は、味の好みを言ったこともなけりゃ何が好き嫌いとも口にしたこともなかった。

にもかかわらず当然のように俺の好みを把握してる同室者に、何とも言えねぇ気持ちになる。

それと同時にこの時、間接キスという単語が頭に浮かんだが俺は即行でそれを打ち消した。

野郎相手に何キモい発想してんだと、今度は自分自身に苦虫を噛み潰した。

「確かにちょっと薄いかもだけど一晩置いたら味染みるし、これくらいでいいんじゃないかなぁ」

「……」

そしてあまりに平然としている同室者の様子に、自分ばかりがそいつの一挙一動に振り回されているようで。

それが何となく癪で、俺はそれ以上そいつの行動にツッコむのをやめたのだった。

そんな中、ふと手の中の白い藻がさっきから全く動いてねぇのに気がついた。

「……おい、動かねぇぞコイツ」

「え？…あ、はは。にゃんこ寝ちゃってる」

「…は？」

仰向けになったままなぜか両前足を上げて、腹を見せた状態で俺の手の中に収まっていた白マリモ。

よくよく見れば豆粒のように小さな目は閉じられ、スピスピと鼻を鳴らしながら小さな薄ピンク色の腹を上下させて

218

いた。

…何で寝れんだ、こんな体勢で。

しかも俺の、手の中で。

「赤ちゃんにゃんこって突然寝落ちしちゃうことが多いらしいぜ、温かくて安心できるとこだと特に」

「……」

だから何だと、俺にとっちゃ何の得にもならねぇ情報に胡乱げな目を向ける。

突然寝落ちした白マリモにでれでれと頬を緩ませていた同室者だったが、コンロの火を止めるといそいそとスマホを取り出しパシャパシャと写真を撮り始めやがった。

…俺の額に、ピキリと青筋が浮かぶ。

「テメェ、んなもん撮ってねぇで早く退けろ。そもそもテメェが責任持って世話するっつー話だったろうが、俺に押し付けてんじゃねぇ」

「んー、でもにゃんこがノエルちゃんを好きな気持ちは止められないしさー」

「ちゃん言うんじゃねぇっつってんだろうが」

寝こけてる白マリモを間に挟んでやり取りされる会話。

この時無意識に自分の声量が抑えられていたことに、俺が気づくことはなかった。

ただなぜか嬉しそうに笑みを浮かべるエセオタクを、訝しく思うばかり。

その時再び、同室者の茶色の瞳が真っ直ぐ俺に向けられた。

「さんきゅーな龍ヶ崎、俺のわがまま聞いてくれて。龍ヶ崎が優しい奴でよかった、ありがとう本当に」
「……あ？」
唐突な礼の言葉に、首を傾げる。
わがままを聞いたというのが、この白マリモを飼うのに同意したことを言っているんだというのはわかった。
だが優しい、なんざ。
生まれてこの方言われたこともなけりゃあ、コイツに対して優しくした覚えも一切ねぇ。
一体全体俺のどこをどう見てそう思ったのか、黒マリモの思考回路がわからず眉を寄せる。
「……わがままを聞いたも何も、テメェが強引に押し通したみてぇなもんだろうが」
「うん、だからそんな俺の“押し”に押し通されてくれてありがとうって意味」
「……」
ガキと小動物は昔から苦手だ。
特に子犬子猫の類いは不遠慮に人のテリトリーに入ってきやがる、言葉が通じない分ウザってぇことこの上ねぇ。
にもかかわらず飼うことを了承したのは、今はへらへらと笑っているコイツがソファーの上で悲しそうに肩を落とす姿を見たあの時、ありもしねぇ良心とやらが痛んだ気がしたからで…。
振り返るんじゃなかったと思った時には遅く、俺はこの黒

マリモが喜ぶであろうセリフを口にしてしまっていた。

「いやー強面な同室者のツンデレな優しさに、これが世に
いうギャップ萌えってやつかって思わず胸きゅんしちゃっ
たよね俺は」

「きめぇ」

1人でうんうん頷きながら言った同室者の軽口を即座に一
刀両断するも、そいつは全くめげた様子を見せず悪戯っぽ
く笑うばかり。

そして嫌悪感を滲ませて返したはずの自分のセリフがまる
で照れ隠しのように聞こえ、俺はぐっと口をつぐんだ。

「そういや明日の新歓って1年生強制参加らしいけど、
龍ヶ崎はどすんの？」

「あ？…誰が出るか、あんなクソの集まり」

「堂々たるサボタージュ発言ですね、そこまで言い切られ
るといっそもう清々しいっす。なら明日はにゃんこと一緒
にお留守番決定だね」

その言葉に半目になってそいつを見下ろせば、へらりと誤
魔化すような笑みが返ってきた。

「ご飯も水も用意していくし、夕方から夜までの間だけだ
けだから。面倒は見なくていいからちょっとだけ気にかけ
ておいてもらえたら嬉しいなー、なんて」

「……」

要は最初から話をそこに持っていきたかったんだろう。

窺うようにこちらを見上げてくる同室者に再び文句の一つ

第4章　ミュゲーの祭日　221

や二つ頭に浮かぶも、これ以上何を言っても無駄な労力を使うだけだと悟り、俺はため息を一つ吐くだけに留めた。

「……いいから早く取れ、モタモタしてっと握り潰すぞ」

「優しいノエルちゃんはそんなことしないから大丈夫」

「っテメェ」

俺の睨みにも怯える様子もなく、へらへらと嬉しそうに笑いながらそっと白マリモを両手で包み込む。

少し冷たいそいつの手の甲と、俺の手の平が触れる。

確かに冷たいと感じたはずなのに、そいつと触れた部分がなぜか…温かな熱を持ったように感じた。

また目が合う、やはりそこには怯えも嫌悪も遠慮もない。

ただ俺だけを、映し出す。

「ありがと、龍ヶ崎。しぐれ煮、明日の昼飯に出す時にはもっと美味しくなってるはずだから楽しみにしててな」

「……」

キッチン漂う甘辛い匂い。

口に残る生姜の風味。

なおも寝続ける白マリモ。

笑いかけてくる同室者。

向けられる何気ない会話。

その全てが落ち着かず、この場に留まる理由もなくなった俺は逃げるように自室へと足を向けたのだった。

「あっおやすみ、また明日なー。ちゃんと髪乾かして寝ろよー」

「、」

背中にかかる、のんきな声。

それに返事をすることなく、俺は自室のドアを閉めた。

パタン…という音と共に静寂に満ちた自分の部屋で息を吐く。

だがそれと同時になぜか…その静かな空間に、どこか物足りなさを感じた。

無意識に自分の手に目を落とす。

ついさっきまで感じていた温かな熱が、まだそこに残っているような気がして…

『龍ヶ崎が優しい奴でよかった、ありがとう本当に』

「……チッ、」

その物足りなさの正体を探る前に、俺は舌打ちを零すことで自らの疑問を打ち消したのだった。

おやすみ、また明日。

それらの言葉を俺が正面から受け入れられるようになるのは、そして自分の胸をむず痒く擽るモノの正体を知ることになるのは。

まだ当分、先の話だ。

第4章　ミュゲーの祭日　223

非常事態発生！

「…すっげ、何コレ」

5月1日、新入生歓迎会当日。

俺は1人、スズラン館を出発した。

黄色のロングTシャツに水色の半袖パーカーを羽織って、下はジーンズとスニーカーっつー軽装。

そうして通学路の銀杏並木を通って校舎前に到着した俺は、目が点になるくらいビックリする光景に遭遇することになったのでした。

「おーいテーブルクロス足りないぞ！　50枚だ！　早く持ってこい！」

「残りの花はまだかぁ!?　華道の家元さんがもう来ちまうぞー！」

「シャンパン500本届いたぞ！　割れないように運べー！」

会場に飾る花や壺、飲み物なんかの瓶が入ったケースを運ぶ人にそれをチェックする人。

混乱を防ぐ為に、人通りを整備する警備員の姿も見られる。

何百人という業者さん達が校舎を出入りし、新歓の準備に奔走していたのだった。

新歓の会場となるのは、このお城の正門を通った先にある食堂。

昼飯は節約の為にお弁当持参の俺は、食堂の外観を見たこ

とはあっても中に入ったことはいまだになくて。

まぁ寮の高級レストランを体験したあとだったから、また
あんなのかと思うと行きたくなかったってのが本音だけど。

これ全部、余裕で会場に入るっつーんだから凄いよな。

そんな人波をかわしながら、何とか青の塔エレベーター前
に辿り着く。

ポーンと最上階へ。

新歓用のスーツを借りる為に、理事長室のしのちゃんを訪
ねたわけなんだけど――…

「まあ！　とてもよくお似合いですわ誠様！」

「本当、ドレスの赤に誠様の黒髪がよく映えて、とても素
敵ですわ」

「あ、ありがとうございます」

マスカラにチーク、リップにマニキュア。

邪魔な前髪はサイドに流して、軽いパーマのかかったロン
グの黒髪ウィッグを頭に固定して。

更には赤いドレスを身に纏い、水色のショールを肩にかけ、
全身ドレスアップをした俺が鏡の前に佇んでいたりします。

どっからどう見ても女の子、紛れもない女の子。

学園で絶賛男装中の俺が何でこんな格好をしてるのかっ
つーと、それはこの塔の主である理事長さんの言葉が発端
で…

「私ね、新歓でマコちゃんが可愛いドレスを着るのすっご

第4章　ミュゲーの祭日　225

く楽しみにしてたの。こういう時じゃないとドレスなんて
着る機会ないじゃない？　だから私、マコちゃんに似合う
1着を厳選に厳選を重ねて用意しておいたの」
しのちゃんは昔から、俺に女の子らしい格好をさせるのが
好きだった。
マコちゃんは可愛くて何でも似合うからオシャレのさせ甲
斐があるわ〜！っていう贔屓目全開のセリフがしのちゃん
の口ぐせ。
よく子供用ブランド店に連れていかれては、ファッション
ショーさせられた記憶がある。
でもぶっちゃけ俺はオシャレよりも、三鷹さんに引っつい
て動き回る方が好きだったから。
自然とズボンばかり穿くようになって。
しのちゃんのお気に入りだった、長い髪も切っちゃって。
その上口調も変わっちゃった俺を見た時の、しのちゃんの
驚きようったら…もう。
俺、小さい頃からあんまり泣かない子供だったけど、あん
時はさすがにガチ泣きしちゃったよ。
『三鷹あああ！　てめぇマジ殺す!!』
『お前が死ねクソ原!!』
『ふっ2人ともやめてぇっ！』
びえぇぇぇぇん！と。
三鷹さんVS.しのちゃんの血みどろデスマッチは、今でも
鮮明に思い出せるくらい俺の幼心に刻まれることとなりま

226

した。

よく喧嘩する2人だったけど、あんな死闘を見たの初めて
だったし。

結局俺の大泣きと母さんの拳骨が炸裂して、何とかその場
は収束したんだけど。

あれ以来しのちゃんはますます、俺に女の子らしい格好を
させることに情熱を注ぐようになった。

だからしのちゃんが今回の新歓にかけた思いってのが、超
半端ないって俺にもわかるわけで…

「もちろん今となっては無理な話よね、新歓で可愛いマコ
ちゃんのドレス姿を見るのは諦めるわ。でもその代わり
…」

今、見せて？

コテンと小首を傾げ、うるうる涙目の大和撫子さん。

…うん、あんな期待に満ちた眼差しでお願いされちゃった
ら俺が断れるはずないよねー。

ってわけでしのちゃんの懇願に従い、赤いシルクのドレス
に着替えた今し方。

ちなみに俺を口々に褒め称えてくれてるのは、多種多様な
職業の美人さんが勢ぞろいした通称"しのちゃん先鋭部
隊"のお姉様方。

メイクからヘアセットまで全部をやってくれました。

そしてもうすでにあと1時間もしたら、新入生歓迎会の開
会式が始まるという時刻になっておりました。

第4章　ミュゲーの祭日　227

俺としては早くスーツに着替えて、会場へれっつらごーし
たいんだけど…

「しのちゃん、まだかなぁ…」

そう、この格好を熱望した本人である大和撫子さんが今こ
の場にいないんです。

正確に言うと俺が今いる部屋の隣の、応接室にいるんだよ
ね。

つーのも俺がドレスアップの最中、何か来客があったらし
くて今その人とお話してるとこみたい。

精鋭部隊のお姉さま方も次の仕事が押してたらしく、申し
訳なさそうに頭を下げて帰って行っちゃいました。

ゆえにポツンと一人きりで、壁の時計をチラチラ気にしな
がら俺は絶賛お悩みモード。

遅れて行って悪目立ちしたくないし早くスーツに着替えた
いんだけどなぁ。

うんうん悩んだ末、俺はソファーから立ち上がると慣れな
いローヒールに苦戦しながら隣の応接室へと続く扉の前ま
でトコトコと歩いて行った。

そーっと気配を消して、唐茶色のドアに耳を当て隣の部屋
の様子を窺う。

だけどピタリと耳を張り付けた扉の向こうからは物音一つ
せず、壁を通じて空調の機械音がヴーと聞こえるばかり。

目を瞑ってじっと意識をドアの向こうに集中させてみても、
しん…としていて凄く静かだ。

どうしようかと少し考えたあと、ちょっとだけドアを開けて部屋の様子を覗いてみようと決める。

まだお客さんいたらソッコーで閉めるし、うん。

そうしてなるべく音を鳴らさないよう静かに開けようと思いながら、その銀色のノブへと手を伸ばしたのでした。

そう、音を鳴らさないように静かにノブを…

——ガチャッ…

「……」

うん、今のは俺がドアを開けた音じゃないよ。

てか俺、まだノブにすら手ぇかけてないし。

でも今確かに聞こえたガチャッて音は、目の前の扉がオープンした音なワケで…。

俺は、少し俯いていた顔をゆっくりと上げた。

そうすれば、驚いた様子でこちらを見てくる1人の男と目が合った。

栗毛色のサラサラヘアー、整った顔立ち、まるでお伽の国から飛び出してきた王子様のような…人物と。

何で…何でコイツがここにいるんだよ!?

——…プリンス桐原っ!!

予想外の人物の登場に目を見開いてその顔を凝視。

目の前に突如現れたその人物は、ドアを開けたその男は。

あのコンビニ事件の時に遭遇したエセプリンスこと、生徒会副会長の桐原先輩だったのでした。

プリンスの方もドアを開けてすぐ人がいるとは思ってな

第4章　ミュゲーの祭日　229

かったらしくて、眼鏡の奥で目を見開いて俺を凝視してい
た。
「え、えっと…お久しぶりです桐原先輩」
「え?」
突然の遭遇にびっくりしたもののひとまず俺からご挨拶、
ペコリ。
いくら苦手なタイプだからって言っても一応先輩なわけだ
し、仮にも入寮2日目にお世話になったしね。
まぁ、すげぇグッタリした思い出しかないけど。
顔合わせといてすぐにハイさよなら…は、いくら何でも失
礼だもんな。うん。
まさやんからプリンスの姿を見かけたら気づかれる前に退
避しろ的な忠告を貰ってましたが。
もう顔合わせちゃったし、ここでシカトしてその横を通り
過ぎるほど嫌な性格してないんで。
するとプリンス桐原は俺の挨拶に一瞬きょとんとした顔を
すると、少し困ったように微笑みながら口を開いたのでし
た。
「あの…申し訳ないのだけれど、どこかでお会いしただろ
うか? 君ほど綺麗な人を、忘れるはずはないのだけれど
…」
「へ?」
プリンスからの予想外の返しに、今度は俺がきょとん顔。
綺麗な人だなんて、一体何の冗談だと首を傾げようとした

俺はしかし次の瞬間、全身からドッと汗が噴き出すのを感じたのでした。

あ、やっべ。

俺、ドレス着たまんまじゃん。

突然の扉からプリンスに、自分の格好のことがスコンと頭から抜け落ちてしまった俺は自らを窮地へと追い込んでしまったのだった。

しっしかも俺、今顔まる出し状態だった…！

え、あ、やべ。

ぼ、ぼ、墓穴掘ったあああ！

「大丈夫？　顔色が悪いようだけど」

「えっ、あ…いえ。……大丈夫、デス」

俺の顔を心配そうに覗き込んでくるのは、言わずもがなプリンス桐原。

そのちょい近すぎる顔に、思わずススス…と後退っちゃったのはしょうがねぇと思う。うん。

い、今更知らない人のふりなんてできねぇよなぁ。

思いっ切り言っちゃったもんね。

お久しぶりです桐原先輩…って。

──どっどうしよコレ…！

チラリとプリンスの背後に広がる応接室に目を向けるも、しのちゃんがいる様子はナッシング。救護は望めそうにない。

俺は引きつった笑顔を浮かべながら頭を超フル回転、どう

第4章　ミュゲーの祭日　231

にかしてこの危機を回避しようと今ある選択肢を思い浮か
べてみる。
そのいーち、このまま笑って誤魔化しながら何とか話を合
わせ隙をついて逃げる。
そのにぃ、やっぱり具合が悪いってことにして退室してそ
のまま逃げる。
そのさぁん、プリンスに一発入れて気絶させて記憶が消え
ていることを願いながら…逃げる。
うん、どんなに考えたって"逃げる"以外にいい案なんて
浮かばないんだけどねっ！
「あの…ごめんね、物覚えはいい方なんだけれど。名前、
教えてもらってもいいかな？」
「え!?」
おっといけない、思わず腹から声出っちゃったよ。
俺がお久しぶりなんて言っちゃったもんだから、覚えのな
いプリンスは申し訳なさそうな顔で俺に名前を尋ねてきた。
いや、物覚えも何も女装姿で会うのはお初だからね。
むしろ初めましてが正しいよ。
うん、てかさ…
――な、名乗りたくねぇっ…！
山田さん家の花子ちゃんじゃダメですか、ですよね。
引きつり笑顔でびっちょり冷や汗な俺をなぜか熱心に見つ
めてくるプリンス。
ぐるぐる混乱する中、ぐっと覚悟を決めると俺は胸を張っ

て堂々と宣言したのだった。

「なっ、名乗るほどの者ではござりませぬ！」

「……、え？」

俺の口から飛び出たまさかのサムライ口調に、プリンスの反応に空白が。

その隙を見逃さず、俺はプリンスに背を向けるとダッ！と駆け出した。

話を合わせもせず具合が悪いことも装わずプリンスに一発入れもせず、ただ“逃げる”のコマンドを選択。

とにかく逃げりゃなんとかなる！と、俺はただそれだけを思い一目散に逃げ出したのだった。

「っ、待って！」

「！」

――パシッ

しかしながらプリンスの反射神経が意外によかったのと、慣れないローヒールのせいで猛ダッシュできなかったのとで。

俺は易々とプリンスに、捕まっちゃったのでした。

プ、プリンス桐原よ。

お願いですから見逃しちゃもらえないでしょうか。

――や、やっぱり怪しい奴って思われちゃったよなぁ…。

覚えのない後輩、しかも逃げるように去ろうとする俺をあのプリンスがそのまま見逃すはずないわけで。

色々と追及されるだろうなぁっと思いながら、そっとプリ

第4章　ミュゲーの祭日　233

ンスを振り返ったのでした。

が、しかし…

「……？」

プリンス桐原の顔を見て、ん？と違和感。

てっきりあのニッコリ笑顔を浮かべて、観察するような目
で俺を見てきてると思ったんだけど…

「……あ、」

「…？　先輩？」

「あの、そのっ…」

えっと、大丈夫っすか？

顔、ちょー真っ赤っかなんですけど。

「だ、大丈夫…ですか？」

「え!?　あ、うっうん！」

思わず心配になり今度は俺がそう問いかければ、俺と目が
合ったプリンスは更に顔を赤くさせなぜかドギマギ。

ぼぼぼ！っていう効果音が聞こえてきそうなくらい頬っぺ
が発熱中。

んでもって俺の手を握っている自分の手を見てオロオロ、
どうやらとっさに掴んでしまったっつー感じのようでプリン
ス自身も自分の行動に驚いてるのが伝わってきた。

そんな反応されちゃったら、俺もどうしていいかわからな
いわけで。

「……」

「……」

え、何この沈黙。

俺どうすればいいわけ？

林檎になっちゃったプリンス相手に、ただ今俺は戸惑い中。

逃走しようにも繋がれた手からプリンスの緊張が伝わって
くるもんだから、無下に手を振り払うこともできなくて
……。

そういや扉が開いて目が合った時から、何だか様子が変
だったような…？

ここまでじゃなかったにせよ、顔赤くなかったか…？

「──っあの！」

「えっ!?　は、はい」

いきなり声を張り上げたプリンスにちょっとビックリ。

顔を向ければ、何かを決心したような顔をしたプリンスが
そこにいて…

「こっこれを、君に…」

「…？」

プリンスはポケットから"何か"を取り出すと俺にそれを
握らせ、そっと手を離したのだった。

掴まれていた手が解放されたことに安堵しながらも、プリ
ンスに渡されたその"何か"を見てみれば…

──……ブローチ？

手の中にあったのは、すずらんの花束を象った可愛い可愛
いブローチさんでした。

第4章　ミュゲーの祭日　235

半田side

世界に名を轟かせる金持ち校、私立鈴蘭学園。

その名の下に名家の御曹司やら旧家の次期当主やら、大企業の跡取りやらと各業界のエリート連中がこぞって入学してくる超一流の名門中の名門校だ。

が、どの世界にも上があれば下がある。

"三鷹"や"桐原"、"一色"などの超上流階級の奴等もいれば、それらの家に何としても取り入りたい中流下流階級の成金どもがウジャウジャいるのも今の【鈴蘭】の現状だ。

普段接点の全くない業界の人間でも【鈴蘭】に入りさえすれば3年間のコネ作り期間が得られるんだ、だからどの家の連中もテメェの娘息子を必死で入学させたがる。

そして、これは俺にとっても他人事ではなく…

「僕の両親が半田様にどうぞよろしくとのことで…」

「半田様、先日お招きいただいた御社の創立記念パーティーはとても素晴らしく…」

媚びる視線にお世辞売り、全て俺を通して"半田"の家に向けられるものばかり。

見慣れた光景とは言え、決して気持ちのいいものじゃねぇ。

そして、何より厄介なのが…

「半田様まだペアがお決まりでないのでしたら私など…」

「いえ、それでしたら私の方が…」

そう、女だ。

【鈴蘭】に入ってくる中流下流階級の家の出の女共の目的はただ一つ、玉の輿。

スタイルを強調するドレスにベタベタな化粧、しかしその目は獲物を狙う狩人の目。

そいつ等にとって、この新歓は絶好の狩場となる。

普段から不機嫌な顔をしてそういう奴等を寄せつけないようしていたが、一種の興奮状態にある女達にはあまり効果がないらしい。

俺の胸にある"ブローチ"目がけて、次々と集ってきやがる。

それに内心うんざりしながら、一人会場の隅に避難してグラスをあおっていた時だった。

「まさやん！」

耳に入ったのは、今俺が一番気にかけている後輩の声。

それに俺は思わずほっと息をついた。

後ろを振り返り、軽く手を上げる。

が、目線の先に捉えたのはモッサリとした前髪が特徴の後輩ではなく…

「おう、来たかク……あ？」

「まさやーんっ」

赤いドレスを纏った、スレンダーな美人の姿だった。

ホッとしたような表情で、俺に笑顔を向けながら近寄ってくる赤いドレスの女。

第4章　ミュゲーの祭日　237

ドレスの赤によって黒髪と象牙色の肌が引き立てられてい
て、清廉な美しさがそこにあった。
「クロ…？」
その名を声に出してみたが、んなワケねぇだろと俺は頭の
中で即否定した。
俺が知ってる後輩は"男っぽい性格だが歴とした女で、に
もかかわらずただ今絶賛男装中"という何ともややこしい
奴で、小綺麗な顔をしてはいるが"女"を感じさせること
はあまりない。
普段も制服か、パーカーとジーンズを着ているところしか
見たことがねぇし。
だが近づくにつれハッキリと見えてくる顔は、薄く化粧を
しているようだが確かにアイツの面影があった。
背格好もそっくりで、声も似ている。
そして何より俺のことをあだ名で呼ぶのはこの学園でただ
１人、クロの奴だけだ。
「お前…、」
「よかったぁ会えて」
嬉しそうに近づいてくる、クロらしきそのスレンダー美人。
そいつと俺との距離が、残り数メートルとなった時だった。
──カクンッ
「ふぉ!?」
「っな!?」
そいつは履いていた靴のバランスを崩すと、そのまま前の

めりに倒れ込んできたのだ。

デ、デジャヴ!!!

そう心の中で叫びながらも、反射的に俺はバッと手を伸ばした。

「…セ、セーフ?」

「お前なぁ…」

距離が近かったのがよかった。

倒れてきたそいつはそのまま俺の腕の中に飛び込む形になり、俺は見事その細い身体を抱き止めることができたのだった。

「へへへ、ナイスキャッチです。ありがと、まさやん」

少し恥ずかしそうに。

けれども安心しきった無邪気な笑顔を俺に向けてくる、赤いドレスのスレンダー美人。

そのへにゃんとした笑顔を見て、俺は確信した。

…ああ間違いねぇ、コイツは完全にクロだと。

んなふうに、赤いドレス姿の後輩を抱き止めたその時。

心臓がドキドキと高鳴っていたのは…あれだ、そいつがうっかり転んだことにビックリした…その余韻だと思いたい。

第4章 ミュゲーの祭日　239

金色のリボン

PM6：30（開会式30分前）

「は!?　お前、その格好で桐原に会ったのか!?」

「そー」

ざわざわと騒がしい会場内。

まさやんと隅の方に移動した俺は、オレンジジュースをチビチビ飲みながら事の経緯を説明しておりました。

何とかプリンスから逃れたもののまた出くわさないとも限らなかったから、そのまま青の塔に留まるわけにもいかずエレベーターに乗って１階へ。

そこから新歓会場に向かう人の波に流されて赤いドレスのまま漂着。

どうしようどうしようって１人でおろおろしてたんだけど、見慣れた金髪を見つけてホッとできた今し方。

「…何もされなかったか？」

「ん、大丈夫だった」

プリンス桐原に遭遇したことをまさやんに話したら案の定心配されました、その優しさが身に染みます。

けどまぁ…確かに俺もプリンスに会った瞬間、やべぇ！ってなって慌てて逃げてきたんだけど。

でも今思えば…なーんか妙に優しかったな、プリンス桐原…。

240

第一印象の愉快犯的オーラが出てなくて、変に紳士的だったプリンス。

最終的に顔真っ赤にしちゃってたからね、アレにはびっくりしたよ。

結局何で林檎になっちゃったのかはわからねぇままだったけど。

「意外といい奴なのかなぁ桐原先輩って、見ず知らずの後輩にブローチまでくれるしさぁ」

「…あ？　ブローチ？」

「ん、そう。コレ」

何気なくポソリと呟いた俺の言葉に、ピクリと反応したまさやん。

ほら、と俺は胸元で水色のショールを留めてるすずらんのブローチを見せたのでした。

と、次の瞬間…

「——っ!?　はっ外しなさい！」

オカン口調のまさやんが、降臨したのだった。

PM6：40（開会式20分前）

「新歓じゃ男女1組のダンスパートナーを決める、いわゆる"ペア決め"が重要になる。なぜならペアの相手の"レベル"が、そのままこの学園における自分自身のステータスに直結するからだ」

まさやん曰く、新歓で参加者に配られるブローチはリボン

第4章　ミュゲーの祭日　241

の色によって3種類に分けられているとのことだった。

一般の生徒に配られるのが"緑のリボン"、風紀委員に配られるのが"白銀のリボン"、そして生徒会役員に配られるのが"金色のリボン"だ。

これらブローチが支給されるのは全て男子生徒のみで、リボンの部分に自分の名前が入ったブローチを1人1個受け取る。

そしてペアを組みたい女子に贈るのが、この新歓での習わしだそうで…

「生徒会が鈴蘭生のカリスマ的存在だってのは話したろ、風紀にしてもその人気は劣らない。当然ペア決めでも人気は殺到する。一般の女子生徒は金銀のブローチを欲しがり、一般の男子生徒は役職持ちの女に自分の名前が入った緑のブローチを渡したがる。ここまではわかるな?」

「イエス、ブラザー」

「つまり生徒会副会長である桐原のブローチはこの会場にいる全女子生徒が喉から手が出るほど欲しい物、それを名前も家柄もわからねぇ一般女子生徒のお前が持ってるってのがど・れ・ほ・ど注目されっか…わかるな?」

「…イエス、ブラザー」

鬼気迫るまさやんの説明に、自分がどれほど危険な物を持っていたかようやく理解する。

手の中には、まさやんに言われて外した金色のリボンのブローチが。

242

新歓会場に入ってから周りからやけにじろじろ見られてんなあって思ってたら、お前のせいだったかブローチさんよ。

「てっきり俺、どっか変なとこあって怪しまれてんのかと思った」

「?　怪しまれる?」

「ほら、俺が"俺"だって気づかれたら…ヤバイじゃん?」

周囲に人はいなかったけど、用心の為に皆まで口に出すことはしなかった。

つまり俺が"外部生の黒崎誠"だって気づかれるんじゃないかって不安があって。

いつもモッサリ前髪で顔隠れてるから大丈夫だとは思うけど、もしかしたらってこともあるし。さ。

…絶賛男装中の身でドレス着て新歓出るとか、マジで何やってんだろ俺。

「へっ変じゃねぇよな?　まさやん、俺普通の女の子に見えてるよな?」

いまいち安心できなくて、客観的な意見が聞きたくて。

ど?　ど?と俺は傍にいる男前寮長さんに尋ねた。

そんな俺の心情が分かったのかまさやんは苦笑を一つ、俺に向かって片手を伸ばすと…

「変なとこなんてねぇよ、むしろ…」

途中で言葉を切って。

そっと、俺の頬にかかってた髪を掻き上げる。

そして…

第4章　ミュゲーの祭日　243

「凄ぇ、綺麗だぜ」

「…！」

むんむんのフェロモン全開で、そう囁いたのでした。

…うん、お世辞ってわかってっけどさ。

そんな男の色気むんむんな笑顔、向けられちゃったら…

「……あ、りがと」

ほっぺが赤くならない女の子なんて、いないよね。

ザ☆歩く無自覚フェロモン兄貴、健在です。

PM6：50（開会式10分前）

鈴蘭生で溢れかえる新歓会場内、もうすぐ開会セレモニーが始まる時刻となった。

奥に巨大な簡易ステージが設置されていて、正装姿の鈴蘭生が立ち上がってそっちへと集まる中…

「っと悪い、ペアの約束してた月城の寮長が入り口んとこでしつこい男に捕まってるらしくてよ。SOSメール来たからちょっと行ってくんな」

生徒会や風紀までいかなくても人気のある生徒はペアの申し込みがあとを絶たないそうで、それが面倒で人気のある人達はお互いにペアの約束をしておくんだって。

太陽寮寮長のまさやんも例外ではなく、同じ役職の月城寮寮長とペアを組んだそうです。

そんなまさやんを見送った俺はむしゃむしゃモグモグごっくんと、ステージから一番遠い席に座って超豪華イタリア

ンを堪能しておりました。

和食、洋食、中華にインド、様々なタイプの豪華料理がそこかしこのテーブルにずらーりと並んでてすっげぇいい匂いが漂う中。

それらを前にして俺の腹の虫がぐぅうっと盛大に鳴っちゃったのは当然のことだと思う、だって育ち盛りなんだもん。

あー美味しかった、ゴチでした。

——コロコロ、コロリ…

お腹を満たされ手持ち無沙汰になった俺は、周りからは見えないように手の平で例のブローチさんを転がしていた。

すずらんの花束を金色のリボンで纏めた形のブローチは、ベースが純銀でその上に色がペイントされてんの。

…って、この金色本物の金箔（きんぱく）じゃねぇよな?

『——どうしても、君に受け取ってもらいたいんだ…』

蝶々（ちょうちょう）結びの金色リボンに彫られてるのは《S.KIRIHARA, 2-A》の文字。

それを目にして思い出したのは、これを手渡された時のプリンスの言葉。

何かを企む（たくら）ような笑みではなく緊張したようなぎこちない笑顔に、俺は思わず頷いてコレを受け取ってしまったわけなんだけど。

やっぱあれだよな。

理事長室で出くわした不審者があとでどこにいるかわかるように、目印として渡したってことだよなコレって。

第4章 ミュゲーの祭日 245

じゃねぇとプリンスが俺に…初めて会った女子生徒にペア
申し込むなんてことするわけねぇもんなー、と。
んなふうに手の平のブローチに気を取られていた俺は、全
く気づいていなかった。

PM6：59（開会式1分前）
俺の平穏無事な学園生活崩壊のカウントダウンが、静かに
始まっていたことに…。

count——…【59】
——フッ…
ソファーに座ってブローチで遊んでいたその時、会場の照
明が落とされた。
薄暗い明かりの中キョロキョロと辺りを見回せば、スゥッ
と一筋のスポットライトが前方のステージへと当てられた。
——あ、…美里だっ！
遠くから見てもすぐにわかった。
壇上に現れたのは、黄緑色のフワフワドレスを着たえん
じぇる月岡の姿でした。
うわ何あれマジで天使。
背中に羽が生えて見える気がする。
可憐ってああいうのを言うんだと思う。
思わず席から立ち上がった俺は、美里がよく見える位置へ
と移動しだした。

生徒会役員になって初の大役だって美里言ってたからさ。

やっぱ友達の勇姿は見ておきたいじゃん。

まさやんに動いちゃダメって言われてたけど後方にはほとんど人いないし、ちょっとだけならいいよな。

『た、大変長らくお待たせいたしました。お集まりの皆様…ご、ご注目願いますっ』

端から見ても凄ぇ緊張してるのがバレバレの美里、その姿は見る者の庇護欲をそそるものだった。

ほんとガッチガチだよ、がっちがち。

美里頑張れぇ、リラックスー。

そんな緊張度MAX要素満載のえんじぇるに、心の中でエールを送っていた俺は…

――コツ、コツ、コツ…

革靴を鳴らし、悠然と。

背後から"ある人物"が近づいてきていたことに、全く気づきもしていなかった。

『た、ただ今より…』

【10、9】

――コツ、コツ、コツ…

【8、7】

『新入生歓迎会、開会式を…』

【6、5、4】

――コツ、コツ、コツ…

【3】

第4章　ミュゲーの祭日　247

……、ん？

その時不意に、背中に感じたのは…

【2】

──コツ、コツ、…コツ

誰かが俺の真後ろで、ピタリと立ち止まった気配。

【1】

『始めさせて、いただきますっ』

舞台上で、美里の開会宣言が響き渡る中。

唯一、俺の耳に届いたのは…

「──…邪魔だ、退け」

ハスキーな男の声と、ヒュッと風が鋭く切られる音だけ

だった。

count──…【0】

on-stage

──ヒュッ！

鋭く風を切る音の正体を頭で理解するよりも先に反応した
のは、俺の身体の方だった。

後ろから迫り来る"何か"に対し、無意識に右へと避ける。

左耳の真横でヒュン！と風を切る音が聞こえ、それと同時
に俺は身体の正面をクルリと後ろへ向けた。

「…あ？」

「…へ？」

そこにいたのは、拳を前へと突き出した1人の男。

まさやんと同じぐらいの身長に、スーツを着たそいつ。

照明の当たってるステージ以外、ほぼ真っ暗で。

人がいるのはわかるけど相手の顔はほとんど見えないって
いう会場内で、唯一わかったのはそれだけだった。

──えっ、えっ？　な、なになに!?

耳の真横で聞こえた音。

拳を前に突き出した男の姿。

以上の二つから俺が考え出した結論は、ただ一つだった。

もしかしなくてもコイツ今、俺のこと殴ろうとした…!?

反射的に男との間合いを二、三歩取っていた俺は、突然現
れた謎の男からの襲撃に戸惑いその姿を見つめた。

ここは【鈴蘭】、坊ちゃん嬢ちゃんばっかりのこの学園で

第4章　ミュゲーの祭日　249

何の前触れもなく殴りかかってくる奴がいるだろうか。

いやいない、目の前の…この男以外は。

「テメェ…」

いきなり何すんだよ！

と、俺はそいつに向けて声を大にして抗議しようとした。

けれど、それより前に…

「──…クッ」

暗闇の中で、男が笑ったのがわかった。

ぞわり、と。

男の視線が俺に向けられるのを、全身肌で感じた。

自然と警戒態勢を取った俺は、薄暗い会場で神経を尖らせ
ながら相手の出方を見守った。

対峙している俺等のすぐ傍では、開会式が何事もなく行わ
れている。

進行役の美里の声や観衆の拍手の音が、集中した意識の中
で遠くに聞こえた気がした。

──…来る。

そう思った次の瞬間、間合いを一瞬にして詰めた男が俺め
がけて再び拳を突き出してきた。

それを避ければ、続けざまに繰り出したのはボディを狙っ
た横蹴り。

またまたそれを避けながら次に来るであろう攻撃に備えて、
慣れないローヒールで足場を確保した。

──ガッ！

250

続けて受けた上段回し蹴りは思いの外重く、防御した腕からビリリとした衝撃が走った。

そうして突如として始まった俺と暴漢との暗闇の闘い。

すぐに撃退してやろうと俺からも攻撃を繰り出すも、今度は男がそれを避ける。

交わる拳、お互いに致命的なダメージを与えられぬまま続く攻防。

──コイツ、…強ぇ。

薄暗い会場内で、だいぶ慣れたとはいえ目よりも耳と肌で感じる空気の流れが頼りになる状況の中。

互いの気配を探り合いながらの喧嘩は、自然と俺のワクワク度を上げていった。

毎朝一人稽古して、身体動かしてるって言ってもさ。

やっぱ相手がいないと、張り合いがないわけで。

ドレスっつー動きにくい格好ではあるけれど。

まさか【鈴蘭】に来て、力いっぱい喧嘩できる相手に出会えるなんて思ってもいなくて。

突然後ろから攻撃してきた暴漢野郎に対するイライラはあったけど、俺は男の拳をかわしながら自然と笑みを零していたのだった。

けれども、意識が外界から切り離されて世界に俺とこの男の二人きりっていう錯覚が起きそうになった…その時。

唐突に、この闘いの幕を閉じたのは…

──パッ…！

第4章 ミュゲーの祭日 251

会場を照らす、無数の照明による白い光だった。

それは暗闇に慣れ出した俺の目を直撃し、視界が一瞬白く眩む。

手を当てて目を細め、すぐさま周りの状況を確認しようとした。

が、次の瞬間。

俺の視界いっぱいに、広がったのは…

——ビュォオ！

「っんな!?」

スカルリングのついた男の拳のアップだった。

ヒュンッ！と、迫り来るドクロから逃げようと反射的に身体を後ろに引く。

間一髪、スレスレで何とか男からの顔面パンチを避けられたんだけど…

——カクンッ

「…ふへ？」

…うん、俺忘れてたよ。

今履いてる可愛い可愛いヒールさんが、俺のことを倒すのが大好きだってことをねっ！

「っ！～ったぁ」

ドシィン！と後ろに倒れ、思いっ切りお尻をぶつけた俺は若干涙目になりながら床で悶える。

まっじ痛ぇ！ 尾てい骨打ったビテイコツ！

生理的な涙で視界がぼやける中、顔を上げれば天井からぶ

ら下がったシャンデリアが目に入った。

そして、それをバックに佇んでいたのは…

「…ああ？　誰だテメェ」

ちょーガラの悪そうなバリバリのヤンキーでした。

…え、お前の方こそ誰だよ。

少し濃いめに染められたイマドキの茶髪に、ノーネクタイ
で開けた胸元。

まるでホストのような出で立ちなんだけど、何よりも目が
行くのが耳いっぱいにじゃらんじゃらんと付けられた大量
のピアス。

それを見た俺は自分にまで痛みが伝染してくるように感じ、
無意識に顔を歪めていた。

うっわ、軟骨に刺さってんのとかあるし。

痛ぇ痛ぇ、マジ痛ぇ。

そんなふうに男を凝視していると、同じく男も俺をジッと
見下ろしてきていて…

「へぇ、女にしてはいい動きするじゃねぇかテメェ」

「……！」

それを聞いてようやく俺は、目の前に佇むこのヤンキー男
がさっきまで自分が闘っていた正体不明男だってことに気
づいたのでした。

うっわ、よかったパンチ全部流しといて。

あんなゴツゴツした指輪つけてんの受けてたら、俺の顔中
傷だらけのドクロだらけになるとこだったし。

第4章　ミュゲーの祭日　253

指輪って天然メリケンサックになっからね。
よい子は真似しちゃダメだよダメダメ。
そんなことを思いながら男の手を見ていた俺は、いつの間
にかその手が自分の目の前に差し出されてることに気がつ
いた。
──え、これって…
その手を辿って目線を向けるは、ヤンキー男の顔。
ニヤリと笑うそいつからは、まさやんとはまた違った男の
色気が溢れ出てる。
まさやんがむんむんなら、コイツはこうブワリッて感じ。
うん、てかさてかさ…掴まれってことだよなこれ。
俺はその手を取ろうかどうしようか迷う。
だって暗闇の中、いきなり後ろから殴りかかってくるよう
な奴だぜ。
手ぇ掴んだ瞬間、引っ張られて顔面メリケンとかヤだし。
「クククッ…何もしねぇよ、オラ…掴まれ」
そんな俺の考えがわかったのか。
ヤンキー男はあの暗闇で聞いたのと同じ笑い方をすると、
目を細め俺に手を取るよう促したのでした。
その瞬間…
『行くぞ、マコ坊』
──…あ、
俺に向かって笑いかける三鷹さんの姿と、なぜか目の前の
ヤンキー男がピタリ…と重なって見えたんだ。

容貌は全然違うはずなのに、ヤンキー男の中にあの人の面影を見ちゃった俺は、無意識にそいつが差し出した手を取ろうと右手を伸ばしていた。

ゆっくりと。

俺とヤンキー男との手が近づく中、その距離があとわずか数センチとなった…その時だった。

「………き、」

「…え？」

ふと耳に入ってきたのは、女の子特有の高い声。

ヤンキー男に向けていた意識を遮られた俺は、その声が聞こえてきた方に顔を向けた。

そこにあったのは、こちらを見るたくさんの人達の目、目、目、目、目。

え、何コレ!?　何でこんなに注目されてんの!?

ビックリした俺は思わず右手を前に出した状態のまま、ビクッと肩を揺らしてしまった。

照明が点いて明るくなったのにシン…と静まり返った会場内、前方のステージに注目していたはずの鈴蘭生のほとんどが目をひん剥いてこっちを凝視してきていて。

いや、正確に言うとその目が向けられてるのは俺じゃなくて…？

──グイッ

「──っのわ!?」

視線の先を辿ろうとした、その寸前。

第4章　ミュゲーの祭日　255

中途半端に伸ばされたままだった俺の右手が、いきなり
引っ張られた。
ちょっ、今ので舌噛んだ！　ガリッていったんだけど！
「～っ！」
お尻の次は舌と、二大ダメージを負った俺。
鉄の味が口に広がる中、涙目になりながらも俺はその原因
となった人物を睨み付けた。
「あ？…何だ、誘ってんのか？」
「……」
いやいやいやいや。
ナイナイナイナイ。
見当外れなことをニヤリ顔で言ってくるヤンキー男に、思
わず即行でツッコミを入れた。
って言っても舌負傷で口は動かせないからね、もちろん心
ん中だけど。
「………き、」
その時、再び聞こえてきた女の子の声。
それはこちらを見つめてきてる、鈴蘭生の1人が発したも
のだった。
シンと静まり返った会場に響いた、一女子生徒の高い声。
それが皮切りとなったのか、一拍間を置いた次の瞬間――
…
「「「きゃあああああ!!!」」」
「「「うおおおおおお!!!」」」

256

新歓会場全体が爆発したかのように、大きな歓声が上がったのだった。

突如発狂したように騒ぎ出した大勢の鈴蘭生を前に、再びビクッ！と肩を揺らした俺は両手で耳を押さえながらタジタジ。

わあああ！　きゃあああ！と続く大歓声に呆気に取られながら、俺はその視線を一身に集めている人物へと目を向けた。

「ハッ、相変わらず騒がしい連中だぜぇ」

「……」

まさやんと同じぐらいの身長に、濃い茶髪。

ゴツいスカルリングを指に付け、耳には大量のピアス。

この坊ちゃん嬢ちゃん校では、か・な・りインパクトの強いその容姿。

しかしながらヤンキー男の顔を改めて見た俺は、その顔面レベルの高さに身も心も若干引き気味になっちゃったのでした。

うっわ、何コイツ。引いちゃうぐらい美形なんだけど。

凛々しい眉に通った鼻筋。

整った唇にシミ一つない綺麗な肌。

今の時代の女の子達が求めてる肉食系男子って感じなんだけど。ただまぁなんつーか、美形すぎて引いちゃうの。

言動がすっげぇ俺様っぽいから余計に。

つーか、やっぱ誰だかわかんねぇし。

第4章　ミュゲーの祭日　257

周りの鈴蘭生の反応を見るに、新歓に紛れ込んだ不審者の
類いではないらしい。
んでもってどうやら結構な有名人らしい。
ただ無駄に美形なその顔をよく観察してみても、俺には
さっぱりで…
──……あ、
いや、全く知らないと言ったら嘘になる。
だって俺は、鈴蘭生のこの狂喜乱舞な反応をただ一度この
目で見ているから。
まさか、まさか…ね。
んなふうに俺が目の前に立つこの男の正体を図りかねてい
た時だった。
「──っ三鷹会長！　何してるんですか!?」
「あ？…なんだ桐原じゃねぇか」
鈴蘭生の人波の間からこちらに駆け寄ってきたのは、つい
さっき理事長室で遭遇したばっかりのプリンス桐原でした。
なぜかマイク片手に現れたプリンスはヤンキー男と一言二
言交わすと、さりげなくヤンキー男から俺を引き離し声を
かけてきたのでした。
「大丈夫かい君？　どこか…どこか怪我はしてないかい？」
心配そうにこちらを窺うプリンスに、ベロ負傷中で口が使
えない俺はコクリと頷くことでそれに返した。
怪我はないかって聞いてきたのは、俺が転んで尻餅ついた
のをどっかから見てたからでしょうか。

258

…うん、てかさ。

何か、ヤバくね…？

今更ながら、俺は背中にスゥ…と冷や汗が伝うのを感じた。

忘れちゃいけない、今の俺はドレスを身に纏った女の姿。

んでもって俺の聞き間違いでなければ、プリンスは目の前に佇むヤンキー男のことを"三鷹会長"と呼んでいた…。

──…あれ、俺もしかして今…すっげぇピンチなんじゃねぇの？

一番人目につきたくない女の格好で。

一番関わりたくないキンキラキン集団生徒会のツートップを目の前にして。

周りからこんなに注目を集めて、めちゃくちゃ目立ちまくってて。

やっべ、どしよ。

俺さっきからずっと、脇汗びちょりが止まりません。

自分の置かれた状況が、どれほど危険なものか理解した俺は更に頭をフル回転。

いっそのことヒールを脱ぎ捨てて、この場から裸足ダッシュでラナウェイしようかとも思ったけど…

──ざわざわざわ…

「三鷹様に桐原様、いつ見ても素敵だわ」

「ええ、本当に…ところで赤いドレスのあの方は一体どなたかしら？」

「あのお二人といるってことは、きっと良家のお嬢さんに

第4章　ミュゲーの祭日　259

違いない」

「おい、何人かが"金色のリボン"のブローチをあの人が付けてたのを見たらしいぞ！」

会場の前方に集中していたはずの鈴蘭生が、俺達3人をまるっと取り囲んでいて。

いつの間にか周りには、分厚い人垣ができていて。

そしてそして…

「何だ桐原、そいつお前の知り合いかぁ？」

「…レディに対して"そいつ"はないでしょう、会長」

生徒会のツートップが目の前に。

つまり俺、前にも後ろにも逃げ場がない状態なんです。

こっこんなことになるなら、しのちゃんが帰ってくるまで理事長室フロアに隠れていればよかった…！

プリンスから離れたい一心でエレベーターへと逃げ込んだ、あの時の自分を殴り飛ばしてやりたい。

んでもってまさやんの言う通り、壁際から動かずに大人しくしとけばよかった…！

めちゃんこキュートな天使をよく見たくて移動した、自分のミーハー心を叱り飛ばしてやりたい。

キャパオーバーで現実逃避しそうになるのを必死に堪えて打開策を探すも、頭の中にんな状況に対応できるマニュアルは存在してなくて。

けどそんな窮地に陥った俺を救ってくれたのは、何とも意外な人物でした。

「ごめんね、君。うちの会長が、大変な迷惑をかけてしまったみたいで…」

「…え？」

その言葉に驚いて、無意識に床に向けていた顔をバッと上げる。

パチリと目が合ったプリンスはちょっとだけ視線を泳がしたあと、ほんのり頬を染めながら俺を労るような微笑みを向けてきたのでした。

そんなプリンスに癒やされたのと同時に、俺は脳内で大きなガッツポーズを取ったのだった。

だってだって。

プリンスの中で俺、完全被害者！

いや実際、完っっっ全に被害者なんだけど。

皆の王様生徒会長相手だと、俺の主張がどこまで通るのか目に見えてたし。

あまり喋ってボロを出したくない身としては、プリンスが俺を被害者と見てくれたことは不幸中の幸いなのでした。

「おい、何俺抜きで勝手に話終わらせよとしてんだぁ？ なあ、桐原ぁ」

「終わらせるも何も、会長が彼女に危害を加えたのは事実でしょう？」

「ハッ、俺様の通り道にいたそいつが悪い」

…唖然、男の俺様主張に開いた口が塞がらない。

何それそんな理由で後ろから殴りかかってきたのかよコイ

第4章　ミュゲーの祭日　261

ツマジでどこの暴君だよ！というヤンキー男へのツッコミ
を、口から炸裂させないようグッと堪えた俺は偉いと思う。
「それより何しに来たんですか、こんなに早く」
「生徒会長様が新歓に参加して、何か問題があんのかぁ？」
これまたさり気なく俺とヤンキー男の間に立つ王子桐原。
その姿にプリンスの好感度が更に上がっていく。
さっきまでの興奮は幾分か収まったものの、いまだきゃあ
きゃあという悲鳴歓声が絶えない会場内。
それでもある一定の距離以上にこちらへ近づいてこないの
は、きっと…このヤンキー男のせい。
――王様オーラ、バッリバリに出てんもんなぁ…。
ヤンキー男の風貌は、一見するとイマドキのチャラ男に近
いもの。
なのに周りの鈴蘭生が羨望と畏怖の交じった眼差しを向け
るのは、ヤンキー男から滲み出てる王様オーラのせい。
この雰囲気を纏ってる人を、俺は今まで…１人しか見たこ
とがない。
外見はそんなにだけどぼんやりと似てるなぁって思ってた
のが、周りの反応とプリンスの発言、そしてこのヤンキー
男の覇気によって確信に変わった。
ホント、王様オーラを纏う人間が一族の中で２人も出てく
るなんて凄いよね。
ね、三鷹さん。
「いいから貸せ、桐原」

「あ、ちょっ会長！」

俺がそんな感想を抱いていれば、ヤンキー男がプリンス桐原からマイクを奪うように手に取ったのが見えた。

そして…

『——静まれ』

ただ、一言。

マイク越しとは言ってもさほど大きくない声に、会場は一瞬にしてシンと静まり返った。

水を打ったような静けさってのはこーゆーのを言うんだろう。

何だろ、何か。

肌が、ピリピリする。

——バチッ！

…げ。

静寂の中、不意にみんなの王様と目が合う。

思わず顔をしかめるも目を逸らすこともできず、俺はプリンスの肩越しにそのままヤンキー男を見つめ返す。

そしてジッとこちらを見据え続ける男の目に、俺の肌がまたピリリと鳴った…次の瞬間。

『——…クッ』

マイクから聞こえた笑い声。

それと同時に俺を見つめ、ニヤリと笑ったヤンキー男。

その時何かがゾクリ…と、全身を走り抜けたのがわかった。

俺の第六感が危険信号を出し始めたのも束の間、ヤンキー

第4章 ミュゲーの祭日　263

男はニヤリとした笑みそのままにゆっくりと口を開いたのだった。

『世界に誇る【鈴蘭】に晴れて入学した新入生、まずお前等に祝いの言葉を贈ろう。生徒会が主催するこの新入生歓迎会を、思う存分楽しむといい。そして鈴蘭在校生諸君、引き続き【鈴蘭】での生活が健やかなものになることをこの場を借りて心から願おう』

口調は俺様なのに意外とまともなことを言うヤンキー男に、俺はあれ？っと首を傾けた。

もっとめちゃくちゃなことを言い出すかと思っていただけに、生徒会長としてのヤンキー男のスピーチにちょっと拍子抜けしちゃったのでした。

ただまぁ…このまま何も起こらず終わりますようにっつー俺の切実な願いも、続けて男が放った一言にすぐさま打ち砕かれることになるんだけどさ。

『ここで一つ、鈴蘭生代表として俺様からお前等に素敵な贈り物をくれてやろうじゃねぇか』

誰か、気づいていただろうか？
そう言って笑みを深めた男の目が、深い狂気に染まっていたことを——…。

王の戯れ

——バタバタバタ…

——バタバタバタ…

「おいいたか？」

「いや、一体どこに隠れやがったんだ？」

「おい、２階の多目的室にそれらしい奴を見かけたらしい
ぞ！　先越される前に急げっ！」

——バタバタバタ…

——バタバタバタ…

……シー…ン

「…やっと行った」

遠ざかっていく足音にホッと一息。

暗闇と静寂に満ちた生物室。

ホルマリン漬けにされたカエルやヘビが見守る中、隠れて
いた教卓の下からのそのそと這い出した俺は、怒りに震え
る拳を手の平にパンッと打ちつけたのだった。

「あっの、バ会長めっ…！」

ぜってぇぶん殴ってやる!!!

…何でこんなことになったのか、時は30分前へと遡る。

静まり返った食堂内。

ヤンキー男の"贈り物"という言葉に、俺は再び首を傾げ

第４章　ミュゲーの祭日　265

た。

周りの鈴蘭生もまた少しずつザワザワと騒ぎ出す中、鈴蘭
生徒会長サマはニヤリ顔そのままにスーツの胸ポケットか
ら"ある物"を取り出したのだった。

あれって…

『この俺様の、金色のリボンのブローチだ』

その瞬間、また再び会場から…音が消えた。

それは、鈴蘭生徒会執行部の男子生徒だけが持つことを許
された金色のリボンのブローチ。

確か今年は会長、副会長、書記の３人が持ってるって、ま
さやんが言ってたっけ。

確か書記は、栗山だったよな…？

俺に対しては無愛想だけど、美里のことはすげぇ大事にし
てる栗山だから。

アイツもまさやんみたいに自分のブローチを美里に渡して
るんだろうなってのが、容易に推測できた。

それだけに…ヤンキーと王子のブローチって、超プレミア
もんだよな。

ペアがすでに決まっている栗山に比べ、ヤンキー男の金色
リボンのブローチはいまだその手中にある状態。

プリンスのは俺が持ってるけど、男前寮長さんから忠告受
けてから外したまんまだし。

まさやんから事前説明を受けてたけど、会場の静まり様に、
会長と副会長のソレがどれほど渇望されるものか再認識し

たのだった。

『…が、見てわかるようにこのブローチは一つしかなくて
なぁ。ここにいる全員にコレをやることはできねぇわけだ、
全く残念な話だぜぇ』

会場の注目を一身に集めながら、全く残念そうに思ってな
い声色で話すヤンキー男。

ああもう、どうしよ。

さっきから俺、激しい悪寒が全然止まんないんですけど。

『そこで、だ。このブローチを賭けて、一つ簡単なゲーム
をしようじゃねぇか。…なぁに、単純明快な楽しいお遊び
さ』

ククク…と笑う王様のその言葉に、会場は再びザワザワと
ざわめき出した。

『その名も、狩猟ゲーム』

王様の口から語られるゲーム内容。

制限時間は90分、時間内に獲物を狩って王様の前まで連れ
て来られた者の勝ち。

狩場は食堂を含めた校舎全体。道具を使うのは禁止。参加
するしないは個人の自由。

そうやってつらつらとゲームのルールが説明される間も、
ヤンキー男の目は俺を捕らえて離さないままだった。

そして…

『──…獲物は、アレだ』

そう言ってヤンキー男は真っ直ぐに、俺を指差してきや

第4章　ミュゲーの祭日　267

がったのだった。

そうやって幕を開けたのが、この白亜の城全体を使った狂ったゲームの舞台だった。

要は俺1人VS.鈴蘭生約600人。

集団心理の働いた群衆に捕まったら、何をされるかわからない。

俺は、逃げるしかなかった。

──っ、何で俺がこんなゲームに巻き込まれなきゃいけねぇんだよ！

うん、一応ツッコませといて。

俺ん中の怒りボルテージ、めちゃ上がりまくってっかんね。

ムカムカのピキピキだよ、俺のコメカミ君。

ヤンキー男こと鈴蘭生徒会長、三鷹隆義。

何となくだけどアイツ、俺が目立ちたくないって思ってるのをわかっててやってる気がする。

あーゆータイプって変なとこで鼻が利くんだよね、マジムカつく。

まぁ明かりが点いてないってのはラッキーだったけど。

校舎内の電気は落とされたまま、月明かりがぼんやりと照らす中のナイトハンティング。

夜目の利く俺にとって、この状況は結構有利だった。

──バタバタバタバタ…

「ちくしょうっ、見失った」

「何てすばしっこい…」

「おい、急げ！　ゲーム終了まであと1時間もないぞ！」

「会長とお話できる機会なんて滅多にないんだ、他の奴に先越されるなっ！」

——バタバタバタバタ…

階段の柱の陰に隠れて追ってきた連中をやり過ごし、足音が遠ざかっていく中ひょっこりと顔を出す。

何度か見つかって鬼ごっこを繰り広げた俺だったけど、段々とヒールにも慣れてきて、今のとこ何とか撒くことに成功してる。

ただふと気になったのは、俺を追いかけてくる面々の偏り。

みーんな男ばっかりで、不思議なことに女の子の姿が1人も見当たらないのです。

このゲームの賞品になってるのは皆の王様生徒会長の金色リボンのブローチさん、つまり鈴蘭生の中でも特に女の子が欲しがる物なわけ。

なのに、俺を追いかけてくのはみんな男。

「…むさ苦しい」

おっと、本音が。

そんなふうに女の子の姿が見えない状況に首を傾げながらも、俺は階段を上へ上へとのぼっていったのでした。

——カツ、カツ、…カツ

お、見っけ。

しばらくして俺の目に入ってきたのは、"立入禁止"と書かれた看板。

第4章　ミュゲーの祭日　269

どうやら無事に目的地まで来ることができたみたいです。
あとは時間いっぱいまでここに隠れておいて、それから…
「見つけたぜっ！」
「……」
その声に、俺は階段を上ろうとしていた自分の足をゆっくりと元に戻した。
後ろを振り向けば、10段ほど下の階段の踊り場にガタイのいい3人の男達が。
って、また男かよ。
「へへ、もう逃げ場はないぜ」
「大人しく俺らに捕まりな」
「手荒な真似はしねぇからよ」
ハァハァと鼻息荒く近づいてくる男達。
多分俺を見つける為に、今まで走り回ったせいだとは思うけどさ。
荒い息をしながらニヤニヤ笑う男3人は、見てて決して気持ちのいいもんじゃない。
耳と肌で周囲の様子を窺う。
近くに俺達以外、音も気配もない。
それがわかった俺はトンッ…と足場を蹴ると、10段近くある階段の上から男達がいる踊り場へ音もなくヒラリと飛び下りた。
「「「──っ!?」」」
突然下り立った俺に驚き、ズサッと後退する男達。

それを視界に入れながら、俺はニヤリと笑みを浮かべ口を
開いたのだった。
「捕まえられるものなら、捕まえてみな」
あえて自分から男達に近づき、挑発的に笑う俺に。
馬鹿にされたと思った男達は顔を怒りに染めると、一斉に
飛びかかってきたのだった。

そんなふうに俺がハァハァ男3人組を相手にしていた、一
方その頃…
──バタバタバタ…
「おいいたか…!?」
「いえ、こっちには。一体どこに…」
パッキン寮長まさやんとなぜかプリンス桐原が、力を合わ
せて俺を捜索してくれていたなんて。
スマート君を理事長室に置き忘れたままだった俺には、全
く知る由もなかったのでした。

第4章 ミュゲーの祭日 271

野外公演

ひらり、ひらりと衣をかえし
月下に遊ぶは赤い妖精（フェアリー）

きらり、きらりと輝くは
白藍色（しらあいいろ）の淡い羽根

ふわり、ふわりと舞うその姿
見る者全てを魅了する

綺麗で可憐な赤い妖精

さあどうすれば手に入る？

さあどうやって捕まえる？

「ふーん、つまり女の子達は体力的にお…私に追いつけな
くて。アンタ達みたいなガタイのいい男達にお金払って、
お…私を捕まえるようお願いしたってわけだ」
「…っああ、」
ハイハイこちら赤いドレス姿の誠ちゃんであります。
俺と俺を襲ってきた例の3人組は、いまだ階段の踊り場に
おりました。
まぁモチロン…
「でも男が全員、女の子に雇われたってわけじゃねぇだろ？

何でみんな、そんなにヤ…生徒会長サマのブローチが欲し
いわけ？」

「何で俺が教えなきゃいけ…っわかった言うから、足っ足
離してくれっ！　痛ぇマジで痛ぇ！」

俺が勝ったけどね、はいピース。

鼻息ハァハァ3人組のうち2人は気絶しちゃってて、辛う
じて意識を保てた1人をただ今尋問中。

「じゃ、早く話しやがれコノヤロウ」

「…っ，」

つーのも今まで俺がちょっと不思議に思ってたことに、全
部答えてもらいたかったからさ。

「いっ今の【鈴蘭】は、大きく三つの勢力に分かれてる。
その中でも信者が多いのがっ、現生徒会長の三鷹んトコ
だ」

ハァハァ男が言うには、会長に近づきたい奴はこの学園に
ごまんといるらしいけど。

互いに牽制し合ってて、正当な理由がなけりゃ視線を合わ
せることも叶わないそうで。

まさやんも言ってたな、本人もさることながらその周りを
固めてる連中が厄介なんだって。

だから、この"ゲーム"に何としても勝って…

「すずらんのブローチを貰う時に会長サマとお話して、
ちょっとでも繋がりを持ちたーい！ってこと？」

「ああ…，」

第4章　ミュゲーの祭日　　273

ふむふむ、なるほど。

ハアハア男の言ったことを聞きながら、うんうんと頷く。

つまりこのゲームは女の子だけじゃなく男にとっても、【鈴蘭】での自分のステータスを上げる絶好のチャンスになってるらしい。

男が勝って、ヤンキー男のブローチをゲットした場合も「会長とお話しちゃったぜ！」って自慢する時の証拠…まぁ勲章みたいになるもんな。

だから男でも、みんなあんなに必死だったわけだ。

うん、やっと納得。

けど…

「アンタ達さ、金でお願いされたって言ったけど会長サマとの"お話"のチャンス他人に譲ってよかったわけ？」

よく言うよね、お金じゃ買えない価値があるって。

皆の憧れ生徒会長サマ、そのブローチなんかまさにソレなんじゃねぇの？

そう聞くと男は怪訝そうに俺を見たあと、息を詰めながらも質問に答えてくれた。

「さっきも言ったろ、今この学園は…三つの勢力に分かれてるって」

「…アンタ達は会長サマ信者じゃないわけだ？」

男が言わんとしてることすぐにわかった。

そういえばと、思い返してみると。

俺をずっと追いかけ回してきた鈴蘭生は皆必死の形相だっ

たけど、どいつも普通のお坊ちゃんって感じだった。

でも、コイツ等は…

「チンピラ…」

「…悪いかよ」

うんにゃ、全然悪くないよ。

ただ違う勢力の人間だってことが、見た目でわかっただけ。

コイツ等にとって崇拝対象外の会長サマとの"お話"より

も、お金の方が価値があるってわけだ。

ヤンキー男のブローチは相当な値段で売れるんだろうな、

いい小遣い稼ぎになんだろうな。

ま、勢力やら派閥うんぬんの事情はよく知らねぇけど。

んなのこの学園に限らず、どの世界でも同じだよな。

あまり関わらない方が身の為だ、うん。

疑問に思ってたことがやっと解明されスッキリした俺は、

しゃがんでいた状態から立ち上がるとシーっと背伸びした。

そろそろ行かないとね。

あんま長居してると見つかっちゃう。

よいしょっと。

「……お前、」

すると、そんな俺をジッと見つめていたハァハァ男はいま

だ訝しげな顔をしていて。

男は少し思案したあと、再び俺に向けてゆっくりと口を開

いたのでした。

「…お前、本当に鈴蘭生か？」

第4章　ミュゲーの祭日　　275

「……」

その一言に、今度は俺がキョトンと首を傾げる番で。

でもすぐに気がついた、多分この男が言ったことは生粋の
鈴蘭生ってやつなら誰もが知ってる常識だったんだろう
なぁって。

「んー…」

ポリポリと頬を掻きながら、どう答えようか迷う。

だって今の俺は、赤いドレスを着た女の姿。

あまり情報を与えたくないから、できれば肯定も否定もし
たくない。

だから、ちょっと考えた末…

「教えてほしい？」

「……」

なーんてもったいぶった感じで言いながら。

それにコクンと小さく頷いた男を見つめながら。

俺はスッと自分の口元に人差し指をかざすと…

「ないしょ」

そう言って、ニヤリと笑ったのでした。

その時、何でハァハァ男が顔を赤くして俺を凝視してきた
のかはわからなかったけど。

構わず俺は男の首の後ろにシュトンと手刀を入れて、気絶
させたのだった。

これって結構コツいるからね、素人さんは真似しちゃダメ
ダヨ。

「さてと…、行きますか」

ハァハァ男3人組を階段下の死角になるところにぽいっと纏めて隠し、パンパンと手を叩く。

階段の踊り場に下り立つ時に、床に落とした水色ショールを手に取る。

残り時間を乗り切る為、階段を上へ上へと上がって行ったのだった。

そうして俺がようやく辿り着いたのは…

——ガチャ、ギイィ…

「とうちゃー…」

——…ビュオオオォォ!!!

「…寒っ!」

夜風吹き荒れる立入禁止の屋上でした。

屋上ってのは、結構ハードルが高い。

俺の地元じゃそうでもなかったけど、一般の学校じゃ立入禁止になってるとこがほとんど。

学生の大半がまず足を踏み入れない場所。

しかも今は夜だ。

"獲物"を探すのに躍起になってても、明かりも点いてない夜のお城はやっぱり薄気味悪いもので。

そんな中、普段から立入禁止になってる屋上には一層足が伸びづらい…はず。

「つまり今の俺にとっては絶好の隠れ場ってわけ…、へぷ

第4章　ミュゲーの祭日　277

しゅっ！」

…まぁ寒いけどね。

気温はそこまで低くないんだろうけど、何せこの風にドレスっつー薄着の状態。

さっきからくしゃみが止まりませんです。

ま、だけど一つだけ。

思わず得しちゃったなって思ったのは…

「…ちょー綺麗」

屋上から見える絶景。

夜空に広がるのは満天の星々だった。

月が出てるのに、それに負けず輝く幾千もの星達。

それらはまるで、漆黒の絨毯にダイヤモンドをちりばめたように美しくて。

そして屋上には月光が降り注いでいて、白い床が銀色に輝いて見えている気がして、凄く幻想的だっだ。

ほんと…

「…プライスレス」

俺にとっては会長サマのブローチよりも、ずっと価値のあるものでした。

そんなふうにしばらくの間、幻想的な世界に浸っていたんだけど…

──ビュオオォ…

「……さびゅい」

うん、身体は正直です。

肩にかかった薄地の水色ショールを首元に引き寄せながら、
このままじゃマジで風邪引くよなぁと俺はうんうん頭を悩
ませた。
その時ピンッ！と思いついた、とてもイイこと。
即実行とばかりに、俺は月が照らす屋上の中央にトテトテ
歩いて行った。
——タン、タンッタン
「確か、こんな感じだったよな…？」
ステップを踏む。適当な音楽を口ずさむ。
そうして俺は、時々自己流の変な振りつけを入れたりしな
がらなんちゃってワルツを踊り始めたのでした。
誰も見てねぇし、せっかくしのちゃんがセレクトしてくれ
たドレス着てるわけだし、身体も温まるしね。
結構面白いよ、たまに料理中とかも踊ってっし。
…ノエルちゃんには不審そうな目で見られっけどね。
「へへへ」
自然と笑みが零れるぐらい楽しくなった俺。
何か、変なアドレナリンが出てんだよね。
多分無意識に、緊張と苛立ちを和らげようとしてたのかも
しんない。
そうやって俺は一人、ズンチャッチャーズンチャッチャー
と口ずさみながら銀色に輝く月光の下でワルツを踊り続け
たのでした。
——コツ、コツ、コツ…

第4章　ミュゲーの祭日　279

そんなふうに、ステップを踏むのに夢中になっていた俺は
また。
背後の階段から聞こえてくる足音に、全く気づきもしな
かったのだった…。
──コツ、コツ、コツ…

綺麗で可憐な赤い妖精
さあどうすれば手に入る？
さあどうやって捕まえる？
ああ、そうだ

──ガチャッ、ギィィ
「…よお、見つけたぜぇ」

その羽根もいで、籠に入れよう

フィナーレ

屋上に響いたハスキーボイスに、踊っていた足が止まる。

ゆっくりと、後ろを振り返れば。

そこには俺に狙いを定める、血に餓えた肉食獣が…1匹。

「あれだけの人数相手に逃げのびるたぁ大したもんだ、すぐに取っ捕まって虫ケラみてぇに捻り潰されると思ったんだがなぁ」

「……」

何でコイツがここにいるのか、どうして俺がここにいるってわかったのか。

そんな疑問が頭を駆け巡るも、この男に質問を投げかけてもまともに答えが返ってこないことはこの短時間でわかってた。

ヤンキー男の登場に内心驚きつつも、突如巻き込まれた理不尽な"ゲーム"に対するイライラの方が大きくて。

俺はそいつを睨み付けるように、正面から見据えたのだった。

そして何だかんだでちゃんと言葉を交わすのは、これが初めて。

「…それで？　主催者自らわざわざタイムオーバーでも伝えに来てくれたわけ？」

「まだ時間は残ってる。参加するかしねぇかは個人の自由、

第4章　ミュゲーの祭日　281

つまり俺が自分でお前を捕まえたってルール上問題はねぇだろぉ？」

勝手に制限時間を定めて独断でルールを決めて、無理矢理俺を壇上に引きずり上げたヤンキー男の言い草に沸々と怒りのボルテージが上がっていく。

獰猛な、餓えた獣がニヤリと笑う。

「さあ、ラストダンスでも踊るとしようじゃねぇか」

そしてヤンキー男は上着を脱いで無造作に床に放ると共に、一気に俺との間合いを詰めてきた。

「っ！」

ゴツゴツした指輪によってメリケンサックと化したヤンキー男の拳が、俺の顔面に飛んでくる。

それを流して避けて、近づいた男の顔に肘鉄を食らわそうとするも容易くかわされる。

月下の城、繰り広げられる攻防。

けれどすでに1時間以上走り回って体力を消耗した俺の分は悪くて、ヤンキー男からの攻撃を何発か食らってしまう。

「くっ…！」

腹に重い蹴りを受けた俺は、瞬時に身体を後ろに引いて衝撃を逃がした。

そのままバックステップで距離を取って男から逃れる。

ズキズキと鳩尾が悲鳴を上げる。

「即興の割には、なかなか愉しめるゲームになったなぁ。この学園でこの俺様に向かって来る奴は数える程度…しか

も女なんざ滅多にいねぇからなぁ、久々に血がたぎったぜ」

まかり間違っても俺から向かって行ったわけじゃねぇし。暗闇の中いきなり後ろから殴りかかってきたのはテメェの方だろうが、こちとら暴行事件の被害者だ。

そう声を上げたくても腹への一撃が重くて声が出ない。

そうしてる間に会長サマが悠然と、コツ…コツ…と足音を鳴らして近づいてくる。

「しかしまぁ明日からのお前の生活は、悲惨極まりねぇもんになるだろおなぁ。この学園の中で一度"獲物"として認識されちまった者の末路は、血肉を食い千切られて野垂れ死ぬしかねぇ。可哀想になぁ」

全く可哀想だなんて思っていない声色で、むしろ愉快そうに笑う1匹の肉食獣。

後ろに下がろうと足を動かすも力が入らず、身体がふらりとぐらついた。

その隙に手首を強引に掴まれて、俺は会長サマにグッと抱き寄せられてしまう。

密着する身体、つい今の今まで殴り合いの喧嘩をしていたのにいきなり腰を抱かれた俺はわけがわからなくて眉を寄せた。

「だがお前には思いの外、愉しませてもらったからなぁ。今夜のお前の頑張りを評価して、身の振り方次第じゃあ助けてやらねぇこともねぇぜ?」

第4章 ミュゲーの祭日　283

「…っ？」

この場面で、今度は一体何を言い出すつもりなのか。

会長サマは俺の髪を…正確にはウィッグの長い髪を手に取ると、なぜかそれに唇を寄せながら微笑を浮かべたのだった。

そして…

「——…お前、俺の"女"になれ」

その言葉に、俺は目を見開いた。

間近にあったのは、誰もが見惚れるであろう超絶美形な男の顔。

この学園の頂点に立つ、絶対王者。

——俺の、女になれ…？

コイツが言ってるのはつまり、今夜のゲームがお開きになっても一度弱者と見られてしまった俺はこれからも弱者のままで。

カースト最下位に位置づけられてしまった俺の学園生活は、決して穏やかなものじゃなくなる…けれど。

今夜のゲームで会長サマを楽しませたご褒美に、そんな俺を助けてやるって。

自分の女にしてやって、庇護を与えてやるって。

コイツが言ってるのは、そういう意味で…

「っ…」

男を見つめたまま固まっていた俺の頬に、カァッと熱が集まる。

そんな俺を見てどう思ったのか、ヤンキー男はどこか嘲り
にも似た笑みを口元に浮かべた。

そうして近づいてくる、男の顔。

俺を食らおうと口を寄せる、肉食獣。

しかし、そいつと俺の唇が触れ合おうとした…その寸前。

「——…ょ」

「…？」

震える唇で、俺は小さく言葉を紡いだのだった。

その時ちょうど月に雲がかかって、ほんの一瞬視界を影が
支配した。

再び月が屋上を照らした時、男が目にしたのは。

怒りに顔を赤く染めた俺の、そいつを鋭く射抜く二つの茶
色の瞳だった。

「——っふざけんじゃねぇっつってんだよこのクソヤン
キーがあああ!!!」

罵声と共にヒールでそいつの足の甲をガン！と踏みつける
と、腰の拘束が緩んだところへヤンキー男に向かって俺は
思いっ切り膝を入れたのだった。

ん？　どこを狙ってって？

そんなの…

「っ、テメェ…！　使いものにならなくなったらどうして
くれんだ、あぁ？」

「潰れちまえばいいそんなもの」

前屈みになって俺を睨み付けてくる会長サマを見たら、言

第4章　ミュゲーの祭日　285

わなくてもわかるよね？

「何が助けてやるだ、元はと言やぁ全部テメェのせいじゃねぇか」

ゲーム——その名の通りこれはコイツにとってただのお遊び、片手間の暇潰しにしかすぎないんだ。

コイツにとって自分の下に他人が侍るのは当たり前で、玉座に着いてそれを見下して笑ってる。

他人の運命は自分次第で、自分が愉しめればそいつがどうなったって構わない。

ホントもう、何つーか。

他人のこと舐めんのもいい加減にしろよこのクソガキが。

「その腐った根性も一緒に叩き潰してやん、よっ！」

そう言うや否や、俺は一気に男に仕掛けた。

早くも男特有の痛みから復活しつつあった会長サマは俺の拳を何とかかわすも、怒りがピークに達した俺は止まらない。

初対面でいきなり後ろから殴りかかられて、突然理不尽なゲームに巻き込まれて。

全校生徒に追いかけ回されて、夜の校舎を全力疾走して。

しまいにゃ屋上での強制タイマン。せっかくしのちゃんからプレゼントされたドレスやショールもボロボロになってしまった。

その挙げ句に言うセリフが、助けてやる？

だから俺の"女"になれ、だって？

ホント…

「女を馬鹿にするのも大概にしやがれってんだこのクソ野
郎が！」

「っ」

ガッ！という音と共にその腹に重い回し蹴りをぶち込んだ。

会長サマの身体から鈍い音が聞こえたのは、アバラが何本
かイッちまった音だろう。

さすがに立つことができなくなった会長サマは低く唸り声
を上げたあと、そのままドサッ…と倒れ込んでしまった。

さっき食らった頬への一撃で口の端が切れてた俺は、ペッ
と床に血の唾を吐く。

床に倒れたヤンキー男にジッと目を落とし、しばらく警戒。

痛みに呻く声も聞こえなければ身体もピクリとも動かない
ことから、どうやら気絶してしまったらしい。

終わった…と、痛む肩を押さえながら俺はフッと身体の力
を抜いたのでした。

「――っいた！」

「ん？」

その時だった、屋上入り口に目を向けるとそこにいたのは
息を切らした2人組で。

そう…

――まさやんと…プリンス？　何でここに…？

そうやって、ヤンキー男から目を離したのがいけなかった
…。

第4章　ミュゲーの祭日　287

ご観覧の皆様方
名残惜しいが愉しい喜劇の終幕だ
照らすは月光、飾るは星々
唄うは木々と夜の風
別れは甘く切ないが
また会う日までサヨナラだ
さあラストは

「──っ危ない！」
「え？」

王子の声にお応えして
カーテンコールと行こうじゃないか

プリンスの、叫び声を聞いた時。
俺は、後ろを振り向くことはしなかった。
まさやんとプリンスが、俺に向かって走り出す。
その動きが、スローモーションで見える中。
ふと視線を下へと落とすとそこにあったのは、月明かりに
照らされ床に映った…俺の影。
「っやめろ三鷹ぁ！」

そしてそんな俺の影を、容易く呑み込んでしまうほどの大きさの…"誰か"の影。

ビュオ！と後ろから風を切る音が聞こえ、それと共に動いた影を見て俺は頭を左へと傾けた。

ヒュンッと頬を掠り、顔の真横を通ったのは。

スカルリングのついた、男の拳。

「っの、クソヤンキーが…！」

俺は男の腕を両手で掴むと、そのまま身体をくの字に。

ブォン！と背負い投げ。ヤンキー男の身体が宙を舞う。

そして俺はそいつをそのまま…

「いい加減、退場しやがれぇぇっ!!!」

「ぐはっ…！」

ドッシイィィン！と、屋上の石の床へと思いっっっ切り叩きつけたのだった。

「…はぁ、…はぁ、」

力任せに投げたせいか、若干息が荒くなる。

心臓も、色んな意味でバクバク言ってる。

けどそれよりも俺が注意を向けるのは、目の前で仰向けになって倒れてる会長サマ。

あっぶねぇ、マジ油断した。

倒れて動かなくなったヤンキー男の姿に、気絶したものと勝手に思い込んでた。

んなわけねぇじゃん俺のバカ、骨に入ったぐらいでコイツが…

第4章　ミュゲーの祭日　289

「…ククク、やっぱりいいなぁお前」

このクソヤンキーがそう簡単にやられるわけねぇじゃん、俺のカバ。

「…アンタも好きだね、後ろから殴りかかんの」

意識はあるものの仰向けのまま動こうとする様子のない男に、俺は警戒を緩めず用心しつつも声をかけた。

てか動けなくて当たり前だよ、アバラに入れたあの一撃だけでも普通は動けないってーの。

俺のムカムカいっぱい込めて蹴ったもんね、ふん。

俺が話しかけるとは思わなかったのか、会長サマは少し目を見開いてこちらを見てきたけど…

「正常位より、バックの方が興奮するだろぉ？」

「……」

そう言って、またニヤリと笑みを深めたのだった。

かなりのダメージを負いながらも愉快そうに笑う会長サマに、尊敬１割、呆れ９割の眼差しを向ける。

と、その時。

こちらへバタバタと近寄ってくる足音が、二つ。

「ク…っ、無事か!?」

慌てた様子で俺に駆け寄って来たのは、金髪寮長まさやん。

後ろから少し遅れて来たプリンスはチラリと俺達を見たあと、すぐに倒れたままの会長サマへと駆け寄っていった。

鈴蘭生との追いかけっことヤンキー男との攻防で髪やらドレスやらがボロボロ姿の俺を見たまさやんは顔を歪めると、

290

自分の上着を脱いで俺の肩にかけてくれた。

「ありがと…と、ごめんねまさやん」

「ったく、お前は…」

ありがとうは上着、ごめんねは小さな声で。

乱れた髪に汗が額を伝ってるまさやんを見る限り、俺を必死に捜してくれてたんだろうなぁってのがわかったから。

あとでまたちゃんと謝んなきゃなと、絶賛後悔中の俺の後方で…

「もしもし、すぐに人を寄越してください。場所は──」

その声に目を向ければ、プリンスが会長サマの傍でどこかに電話をかけてるとこだった。

まぁ怪我の具合で言えば、俺より会長サマの方が酷いからね。

1人じゃ動けないだろうな、アバラも折れてはなかったとしてもヒビぐらいは入ってるだろうし。

「…行くぞ、クロ」

「あ、うん」

長居は無用。

俺はまさやんに耳元で促されると、2人の注意が逸れてる隙に退散しようと屋上出口へ足を向けた。

けれど…

「おい、女」

その呼びかけに、ピタリと歩みを止める。

顔だけチラリと振り向けば、あの笑みを浮かべこちらを見

第4章　ミュゲーの祭日　291

つめる会長サマと目が合って…

「今は見逃してやる…が、これで終わりだと思うなよ。ま
たすぐに見つけ出して、今度はその喉元…ギタギタに食い
千切ってやっからよぉ」

笑う、笑う。

心底愉快だと言わんばかりに。

笑う、笑う。

目の奥に獲物を狙う獰猛な獣の光をたたえながら。

そんな餓えた男の狂気を直接向けられた、俺の答えは…

「──…フッ、また返り討ちにしてやるよ」

そう鼻で笑うと、二度と振り返ることなく。

まさやんと2人、月下の屋上をあとにしたのだった。

別れは甘く、切ないが…

──ガチャッ、ギィィ

──バタンッ…

また会う日まで、サヨナラだ

❦ to be continued...?

まさやんに付き添われ屋上をあとにした俺が向かったのは、青の塔の理事長室だった。

会長サマ考案の悪趣味な"ゲーム"はタイムオーバーになったわけだけど、食堂に続く校舎1階はまだ鈴蘭生で溢れてて。

その上喧嘩のあとでドレスもボロボロ、身体もあちこち怪我しててひとまず手当てしないとってことで理事長室に避難したわけなんだけど…

「あんのクソガキいいい！　私のマコちゃんにこんな無体を働くなんてぜっっったい許さないわあああ！」

「しっしのちゃんストップ！　その侍ソードどっから出したのさ!?　危ないから下ろして下ろして！」

満身創痍な俺の姿を目にしたしのちゃんが刃物を手に今にも会長サマにとどめを刺しにいかんとするのを、パッキンな男前寮長と一緒に必死に止めたよね。

それから荒ぶるしのちゃんをなだめる為に、怪我の療養も兼ねて俺は理事長室フロアに数日お泊まり。

寮に帰ることができたのは、ゴールデンウィークも半ばを過ぎた頃だった。

──サアァァァ…

「あー…何か久々に太陽浴びた気分」

第4章　ミュゲーの祭日　293

朝の爽やかな風を受けながら、銀杏並木の通学路を歩く。
全身至るところがアザや傷だらけ、骨に異常はなかったけ
ど服の下は消毒液や湿布臭がただならない。スースーしま
くりっす。
ただまぁ、身体の節々が痛むけど動くのに支障はないし。
残りの連休はリハビリも兼ねて筋トレに費やすかなぁと考
えながら、太陽寮2083号室に戻ったのだった。
「ただいー…ま？」
しかしリビングのドアを開けたところで、俺は目を瞬かせ
た。
明かりの点いている室内、数日留守にしたものの特に変り
映えのない寮室。
ただその片隅にあるにゃんこ専用スペースにて、可愛らし
いデザインの小皿にネコ用ミルクを注ぐ…強面な同室者の
姿があって。
「～っ、テメェが何日も戻って来ねぇせいだろうが！　そ
の間この白マリモが鳴きわめえてうるせぇからっ、仕方な
く俺は！」
「うん、俺まだ何も言ってねぇじゃん」
俺の帰宅に目を丸くしていた龍ヶ崎だったけれど、すぐに
強面な顔をますます凶悪にさせながら言い訳という名の状
況説明をし始めた。
それにどうどうと落ち着けるように両手を前に出す。
龍ヶ崎の足元ではマシュマロ子猫が早く早くというように、

にぃにぃとご飯をねだっていた。

…ヤーさん面全開の同室者の頬が赤いのは、決して目の錯覚なんかじゃないよねー。

「ノエルちゃんって本当優しいよね」

「っちゃん言うなっつってんだろうが!!!」

会長サマとの攻防で身も心も疲れ果ててましたが、ツンデレな同室者の姿に一気に癒やされた俺なのでした。

———……

「いち、いちち」

バルコニーで1日筋トレに汗を流して、お風呂に入ってさっぱりした夕刻。

浴室にある鏡で全身アザだらけの自分の姿に苦虫を噛み潰しつつ、持ってきた救急箱から湿布やら消毒液やらガーゼやらを取り出し手当てをし直しておりました。

あんのクソヤンキーめ、あんな奴外に出るたびに鳩に糞落(はと)(ふん)とされちまえばいいんだ…!

怪我の元凶である男に呪詛(じゅそ)を飛ばしつつ、いてていててと零しながらセルフメディカルトリートメントを施していく。

そうして足や胴回りの手当てが一通り終わろうとしていた時だった。

——ガチャ…

「…おい、」

「!…びっっっくりした、ノックもなしにいきなり開ける

第4章　ミュゲーの祭日　295

なんてマナー違反だぜノエルちゃん」

突然開いた浴室のドアに内心飛び上がらんばかりに驚きつ
つ、平静を装いながらドアを開けた同室者を振り返る。

跳ねた鼓動が継続してドキドキドキドキ、少し捲り上げて
いたシャツの裾をそそくさと戻して腹を隠した。

その流れで半袖シャツの上から羽織ってたノースリーブの
パーカーの前を上まで閉める。

つか鍵！　鍵！　忘れてんじゃねえよ俺のバカ！

――…あっぶねぇ、よかった先に軽く服着といて。

自分の迂闊さを叱り飛ばしつつ、龍ヶ崎に気づかれないよ
うにホッと息を吐く。

ただ風呂上がりで外に出かける予定もなかったから、サラ
シじゃなくスポーツブラ着用中。

だ、大丈夫だよな…？　わからねぇ、よな…？

「何、忘れ物？」

「……」

俺より先にお風呂を使ってた同室者にそう聞けば、目線が
洗面台の上に向かった。

そこにあったのは、コンタクトレンズを保存するのによく
使われるケースで。

あれま、気づかなかった。

へーノエルちゃんって目が悪いんだ、何か意外。

あっだからいつも眉間に皺を寄せてんのかな、物が見えに
くくて。

いやでもコンタクト付けてんなら関係ねぇかと頭の中で
ツッコんでいれば、またもや龍ヶ崎の眉間の皺が怪訝そう
に寄せられた。

「……あ？　何だそれ」

「え？　あー…これは何ていうか、転んだ的な？」

龍ヶ崎の目が止まったのは、俺の二の腕。

半袖シャツから覗くそこには、風呂上がりでカサブタが半
熟状態になった結構大きな擦り傷ができていて。

位置的に転んでできる怪我じゃないって明らかながらも、
へらりと笑って誤魔化す。

そんな俺に龍ヶ崎はますます顔をしかめると、チッと舌打
ちを一つ零してコンタクトレンズのケースを手に取ったの
だった。

うーん、やっぱこの位置は自分でガーゼ当てて包帯巻くの
は難しいなぁ。

ここ数日はずっとしのちゃんにしてもらってたからなぁ、
でも包帯ないと寝る時擦れて痛ぇしなぁ。

てっきりそのまま龍ヶ崎が出て行くと思って、引き続き上
半身の怪我の手当てを再開しようとしたんだけれど。

浴室の鏡越しに、ジッと俺を見つめている同室者に気がつ
いて…

「………貸せ」

「え？」

最初、何のことを言われてるのかわからなくて。

でもすぐに、腕の手当てのことを言ってるんだってのがわかって。

わかったけれど…ううん、わかったからこそパチパチと目を瞬かせてしまう。

返事を待つことなく龍ヶ崎は奪うようにガーゼを手に取ると、俺の二の腕にそれを当て始めて…

「……、ノエルちゃんってやっぱり…」

「それ以上無駄口叩いたら顔面に消毒液ぶちまけんぞ」

「…うっす」

優しいよね、と続けようとした俺のセリフをなかなかにツン度高めな同室者の言葉が遮る。

けれど俺の胸はポカポカと温かくなっていって、声には出さなかったけれどニマニマと笑みを零す。

この数週間で決して器用とは言えない同室者の手先を知っているから少し心配したけれど、龍ヶ崎は手慣れた様子でガーゼの上からするすると包帯を巻いていく。

手持ち無沙汰になった俺は、何となく自分より上にある同室者の顔を見つめた。

──…龍ヶ崎って、強面だけどやっぱ顔の造形は結構整ってるよなー。

切れ長の目に、通った鼻筋。

骨格がしっかりしてて彫りが深くて、こめかみとこの骨が浮き出てる。

男前っていうより何ていうか、オス度が高め？

つーか、やっぱ龍ヶ崎ってハーフなのかな？

ちょっと踏み込んだ話題だから、いまだ本人には聞けずにいるんだけど。

でも名前も漢字じゃなくてカタカナでノエルってなってるし、タッパのでかさに外国の血を感じる。

ハーフの人って美形になる率高くなるって聞くし、龍ヶ崎もそんな感じなのかなぁなんて思いながらその顔をまじまじと観察していた…その時だった。

——バチッ

「！」

ノエルちゃんの瞳が不意にこちらを向き、パチッと目が合う。

それに思わずドキッと鼓動が跳ねた。

反射的に明後日の方向に目を逸らした俺に、怪訝そうに眉を寄せながらも包帯を巻き終えた龍ヶ崎の手が二の腕から離れていく。

「…終わったぞ」

「えっ、ああ、うん。あっありがと」

龍ヶ崎にお礼の言葉を返しつついまだにドキドキが継続中、そんな自分に首を傾げる。

あー…これは多分あれだな、"眼鏡取ったらいきなり美少女"を間近で目撃してびっくりした時のような…違うか。

あっ、あれか。ずっとただの幼なじみだと思ってた女の子がいつの間にか巨乳に育ってて、それに初めて気づいてド

第4章　ミュゲーの祭日　299

キマギした時のような…違うか。

つか何でたとえが全部男子目線なんだよ俺、中学生か。

いまいち当てはまる表現が見つからないながらも、まぁ要はびっくりしたってことだよなと自分を納得させる。

「お礼に晩飯のオカズに龍ヶ崎の好きなの1品足しちゃうぜ、何がいい？」

「……肉」

範囲広いなぁ、けど大体予想のついてた答えなだけに苦笑を一つ。

もちっと栄養バランスってのを考えてほしいと思わなくもなかったけど、好きなのって言っちゃったしね。

今回は仕方ないよな、うん。

──みぃ！

「あれ、にゃんこもこっち来たのか？」

確か冷凍庫に豚バラブロック残ってたよなと思い出していれば、足元から可愛いらしい鳴き声が上がった。

ノエルちゃんのあとについて来たのか、俺達2人が浴室に集合してて寂しくなったのか、リビングからここまで自力でやって来たアクティブ子猫に頬を緩める。

抱っこ抱っこと言うように俺の足にじゃれつき始めたマシュマロに、鼻の下が伸びる。

足元のにゃんこを拾い上げるために一歩後ろに下がって手を伸ばそうとした…が、その時だった。

──ズルッ

「!?」

突然足が滑り、カクンと膝から崩れ落ちる。

ちょうど片足がバスマットを踏んだらしく、それがズレて身体が前のめりに。

やべぇこのままじゃにゃんこを潰すっ!

瞬時にそう判断した俺は、目の前にいた龍ヶ崎の服を咄嗟に掴んでしまう。

落下地点を無理矢理マシュマロ子猫から逸らす、そうすることで遠心力がかかって必要以上に同室者の身体をグンッと引っ張ってしまった。

不意打ちの事態に龍ヶ崎も身構える間もなく、身体のバランスを崩す。

「っおい!」

「わっ、やべ!」

──ドサッ…!

そうして2人、もつれ込むように。

浴室の床に音を立てて、盛大に倒れ込んでしまったのでした。

倒れた拍子に床に後頭部を強打。

いてててと頭をクラクラさせつつ、耳の近くからみぃみぃ聞こえてくる鳴き声にどうやらマシュマロをぺちゃんこに潰さずに済んだようだと安堵する。

んでもって俺が下ってことは、どうやら龍ヶ崎を下敷きにすることは避けられたみたいだと悟る。

第4章 ミュゲーの祭日　301

ちょっと重い、なんて思いつつも「巻き込んじまってごめんなぁ」と口を開こうとした俺だったんだけれど、そこでん…？と違和感を覚えた。

パチリと目を開ければ、同室者の顔のドアップが飛び込んできて。

顔面の異常な距離の近さに目をパチクリさせた俺だったけれど、それだけじゃなくて何か…。

鼻…？　いや、唇に何か…。

柔らかな感触を、覚え…て…？

──え、これって…

密着する身体、止まる呼吸。

間近にある龍ヶ崎の目が、みるみる見開かれていくのがわかった。

重くて、柔らかくて、そして…熱い。

静寂、時が止まる。

あ、つーか今。

俺のおっぱいが、龍ヶ崎の身体に当たって…

「──っ！」

どれくらい時間が経ったのか。

多分ほんの数秒のことだった。

バッと唐突に龍ヶ崎の顔が離れていく。

俺以上に目を見開き、今までに見たこともないくらい動揺する大型犬の姿がそこにあった。

俺は俺で、無意識に詰めていた息を吐く。

唇を開けて、息を吐く。

いまだに残る不思議な感触を確かめるように、指先で自分の下唇をそっと触った。

そんな俺の仕草を見た龍ヶ崎の顔が一気に赤くなっていく。

…え、いや、何その反応。

普通男が男にしたら、うげっと舌を出すか顔をしかめるかのリアクションを取るんじゃないかって思うんだけど。

カアアア！っていう効果音がつくくらい強面な顔を染めて、パクパクと無言で口を開閉させてるノエルちゃんに面食らう。

龍ヶ崎の予想外の反応に、何気にフリーズした俺の頭もようやく再起動し始める。

唇に残る感触、予想に反したリアクションを取る同室者。

そして一瞬とは言え、密着して押し潰された…俺の胸。

え、あれ、うそ。

まさかこれ、バレ…た…？

──くっ黒崎誠、大ピンチ!?

【②巻へ続く】

第4章　ミュゲーの祭日　303

※この物語はフィクションです。実在の人物・団体等は一切関係ありません。
作品中一部、飲酒・喫煙等に関する表記がありますが、未成年者の飲酒・
喫煙等は法律で禁止されています。

本書に対するご意見、ご感想をお寄せください

アンケートはサイト上から送れます。
ぜひご協力ください。
http://kansou.maho.jp/

ファンレターのあて先

〒102-8584 東京都千代田区富士見1-8-19
アスキー・メディアワークス 魔法のiらんど文庫編集部
「シグレ先生」係

魔法のiらんど文庫

鈴蘭学園物語①

2017年7月25日 初版発行

著者
シグレ

装丁
和田悠里(スタジオ・ポット)

発行者
塚田正晃

発行
株式会社KADOKAWA
〒102-8177　東京都千代田区富士見2-13-3

プロデュース
アスキー・メディアワークス
〒102-8584　東京都千代田区富士見1-8-19
電話03-5216-8376(編集)
電話03-3238-1854(営業)

印刷・製本
大日本印刷株式会社

本書の無断複製(コピー、スキャン、デジタル化等)並びに無断複製物の譲渡及び配信は、著作権法上での例外を除き禁じられています。また、本書を代行業者などの第三者に依頼して複製する行為は、たとえ個人や家庭内での利用であっても一切認められておりません。製造不良品はお取り替えいたします。購入された書店名を明記して、アスキー・メディアワークス　お問い合わせ窓口あてにお送りください。送料小社負担にてお取り替えいたします。但し、古書店で本書を購入されている場合はお取り替えできません。定価はカバーに表示してあります。なお、本書及び付属物に関して、記述・収録内容を超えるご質問にはお答えできませんので、ご了承ください。

魔法のiらんど　http://maho.jp/
株式会社KADOKAWA　http://www.kadokawa.co.jp/

©Shigure 2017 Printed in Japan
ISBN978-4-04-893226-4　C0193

第10回 魔法のiらんど大賞受賞作 好評発売中!

大賞 『鈴蘭学園物語①』
魔法のiらんど文庫 シグレ し-5-1 507

セレブでイケメン☆優雅でゴージャス☆ここは鈴蘭・禁断の男子寮!

15歳で天涯孤独となった誠が入学したのは、THEセレブしかいない超豪華絢爛、全寮制の名門・鈴蘭学園。そんな誠が入寮したのは――まさかの男子寮だった! 十人十色のイケメン軍団に囲まれた誠の、超々キケンな学園生活が始まった!

金賞 『性少年とプラトニック少女』
魔法のiらんど文庫 明日央 あ-25-1 508

「俺に抱かれる気ない?」キモチでは好き、だけどカラダは許せない…

彼氏と気持ちだけで繋がっていたい高2の麻生は、保健室で同学年の永田とセンレのラブシーンに遭遇。体の関係でしか女の子を信じられないらしい永田には、ある心の傷があるらしく。「すごい抱きたい」……永田に迫られた麻生は――?

銀賞 『未来日記 スクール・ナイトメア』
魔法のiらんど文庫 月森みるく つ-5-1 509

その黒い日記に書かれた未来は、必ず現実になるという……

転校先の図書室で黒いノートを見つけた杏奈。どこか不気味な雰囲気をもつそのノートは、未来を予言する日記だった。クラスメイトの死が予言され、巻き起こる惨劇の数々。果たしてこのノートから逃れられるのか――。

新人作家大募集! 魔法のiらんど文庫から作家デビューしよう

魔法のiらんど大賞

「魔法のiらんど大賞」は、魔法のiらんど文庫からデビューする新人作家を発掘し、魅力的なガールズエンターテインメントノベルを世に送り出すための小説コンテストです。受賞作品は書籍化・映像化され、岬 著『お女ヤン!!』、椿 ハナ 著『金魚倶楽部』、みなづき未来 著『激♥恋』、梅谷 百 著『キミノ名ヲ。』、kagen 著『携帯彼氏』などの大ヒットコンテンツを生み出してきました。

最新情報や詳細は、公式サイトをご確認ください。▶▶▶ http://award.maho.jp